1
Author 寺王
Illustration 由夜
ブラックな騎士団の奴隷がホワイトな冒険者ギルドに引き抜かれてSランクになりました
The Slave of the "Black Knights" is Recruited by the "White Adventurer's Guild" as a S Rank Adventurer

The Slave of the "Black Knights" is
Recruited by the "White Adventurer's Guild"
as a S Rank Adventurer

CONTENTS

1

俺が初めて見て、初めて覚えた魔法。

剣を抜く動作を虚空でする。

魔力を込めるだけで、
手の内にある虚は万物を切り裂く風の剣となる。

「壱式――【一閃】」

ランデ
クゼーラ王国第一騎士団の団長でシーラの父親。傲慢かつ自己中心的で騎士団を私物化している。
リフ
クゼーラ王国王都のギルドマスター。見た目は幼女だが冒険者から一目置かれる凄腕の魔法使い。
ソリア
神聖共和国の国教・アステア教の筆頭司祭。通称【光星の聖女】。Sランク冒険者でもある。
シーラ
クゼーラ王国第一騎士団の副団長。騎士育成学園を首席で卒業した誠実で優しいエリート少女。
クエナ
クゼーラ王国で活動する冒険者。誰ともパーティーを組まずに単独でAランクまで上り詰めた実力者。

ブラックな騎士団の奴隷がホワイトな冒険者ギルドに引き抜かれてSランクになりました 1

寺王

OVERLAP

イラスト／由夜

プロローグ

ブラックは奴隷のごとく

The Slave of the "Black Knights" is
Recruited by the "White Adventurer's Guild"
as a S Rank Adventurer

1

俺はジード。

苗字《みようじ》はない。ただのジードだ。

両親は貴族でもなく、偉い商人というわけでもない。と思う。

なぜ『思う』かだって？

それは俺が両親のことを詳しく知らないからだ。

俺は両親に連れられて五歳くらいの時に森に出向いた。けどその森で両親は魔物に食い殺された。

両親に言われるがまま俺は逃げて、森の中で十年ほど生き延びた。

どう生き延びたか？

魔物を殺して、食ったんだ。

もちろん最初の頃は弱い自分でも殺せる小動物や、単体で活動していたゴブリンとかだ。

味？

美味《おい》しくなかったよ。それどころか腹を壊したね。上からも下からも汚物をまき散らしていたよ。

でも次第に慣れていった。

森の地形を理解していくと果物の場所も分かったから甘いものにもありつけたしね。

まぁその果物も毒入りだったなんてオチもあるけれど。

それでまあ、森を抜けだしたのが十五歳くらいか。俺はようやく人里に戻ることができた。

かなり怯《おび》えられたのを覚えているよ。

魔物や動物の皮を剝ぎ取って継《つ》ぎ接《は》ぎした衣装を見りゃ誰だってそうなるか。

俺に敵意はなかったが、子供は泣き叫ぶし、匂いにあてられたやつは吐くし、終《しま》いには騎士団を呼ばれて捕まった。

なぜ弁解しなかったのかって？

同族に会ったのは久しぶりで言葉を忘れていたんだ。だって最後に喋《しゃべ》ったのが五歳なんだ。

生きるのに必死で会話のために口を開くことなんて一切なかった。

ああ、これは後から聞いたことだ。

俺も不思議に思っていたさ。どうして森の中に助けは来なかったのかとか。森で人に会わなかったのかとか。

俺がいた森はSランク指定区域『禁忌《きんき》の森底《しんてい》』と呼ばれていた場所らしかった。

そんなとこにいてよく生きてたな、と我ながら思った。

同時にどうして俺をそんな場所に連れて行って魔物に食い殺されているんだ両親よ、とも思ったね。

それらは過ぎたことだから、確認のしようがないんだけれどね。

さて、本題はここからだ。

捕まった俺は騎士団に言われるがまま、囚人としておとなしく施設に放り込まれ食糧を与えられ適度な運動をしつつ――なんて甘いことは許されなかった。

なぜか騎士団の代わりに隣国との小競り合いや、ドラゴンの討伐に参加させられたりした。

まぁそれくらいなら例の森での経験に比べれば大したことないんだけどさ。

問題はそんなことを毎日毎日させられ、ひどい時は一週間、一睡も許されずにいることだ。

いやー、大変だね。

ん？

なんで現在進行形なのかって？

いやいやそりゃあそうさ。

だって今も俺は騎士団に所属しているんだから。

「ジード！　おまえなにぼさっとしてんだ！」

俺に怒号が降りかかる。

それは俺が所属している第一騎士団の団長、ランデ・イスラから発せられたものだった。

オールバックの金髪に碧眼《へきがん》、がっしりした身体《からだ》つき。

話によれば彼は百体のドラゴンを一遍に相手にして倒したり、列強の帝国が攻め入った際もたった一人で勇猛果敢に撃退したりした経歴をもつ。いわゆる猛者ってやつだ。

「俺の傍らにいることを許されているからと調子に乗っているんじゃないだろうな!? これからの任務は国のために行う! 気合を入れろ!!」

ランデのお言葉はいつもお決まりだ。

二言目には国のためと。

はぁ……。

いくら忠義を尽くすべきものがあるからといって、そこまで俺たちに強要することはないだろう。

だってもう――すでに俺たちは三日も寝ずに活動している。

俺の周りにいる騎士団の団員たちも目に隈《くま》を作って死にかけのゾンビのように歩いている。

それどころか、昨日の任務で数十人くらい見た覚えのある顔が消えている。

医療班に連れていかれたのか。それとも死神に連れていかれたのか。それを知ることになるのは先になるだろう。そもそも知らないままのことが多いけど。

ああ、ちなみに不眠不休で働くのは俺たち一般の団員だけだ。

といっても、他の団員は倒れて運ばれていったり、消耗の度合いに応じて入れ替わりで働いたりしており、無事に完徹しているのは俺くらいだ。

団長のランデはついさっき合流したばかりだ。彼が働いている姿を見るのは一か月に一回くらいなものだから珍しい。

だいたい想像はつく。

今朝は元気に目覚めて食事して気持ち良く仕事場に来たのだろう。

だから俺たちにも平然と他人事《ひとごと》のようにカツを入れることができるのだ。

「お父様、彼らも連日の疲れが出ているので行進の時は……。それにジードに関しては明らかに働かせすぎです。いくらジードでも……」

と救いの声が差し伸べられる。

それは第一騎士団の副団長、シーラ・イスラだ。

肩口まで伸びた金髪に青々とした瞳、太陽に焼かれながらも地の白肌が目に見えて分かる美少女だ。

彼女は数か月前に騎士団に入り、あっという間に副団長にまで上り詰めた。

傑出した実力を持ち、人という『種』としての領域を逸脱した速度を誇るそうだ。

ちなみに俺は彼ら団長、副団長クラスの力を見たことはない。

なぜなら常に前線で戦うのは俺たち一般団員だからだ。

「なにを言う。こいつらはこれから戦うのだ。その程度の体力でどうする！」

「それは……。せめて私たちも」

「いらぬ心配をするな！　こいつらではダメな時のために俺たちがいるのだ。動き時は見極めろ！　当然それは俺にも言える。俺も見極める。動き時を、この俺が」

ランデが自信満々に言う。

はぁ……。

次はいつ寝られるのだろうか。

この騎士団はブラックすぎる。

◇

それから一週間が経《た》った。

正直三日目くらいまでは時間の流れが遅く感じるが、四日目からはワープしたようにその日その日が過ぎていく。

だから俺も気が付けばベッドで眠っているなんてことはザラだ。というか、まさに今がその状態にある。

あまり帰らず、窓の周りには苔《こけ》が生えている部屋。普通は十人に一部屋が与えられるものなのだが、俺だけは唯一専用の小部屋だ。

たしかシーラがお願いしてくれていたんだったか。

『ジードは無理やり働かされすぎです！　たしかな実力はあるのでそれに見合う報酬を……せめて彼が一人でくつろげる場所を確保してください！』

とかなんとか。

ありがたい話ではあったけれど、ろくに部屋を掃除する時間もないので、同居人が多少は管理してくれていた昔の相部屋のほうがマシとも思ってしまう。

もしも耐性がない人がこの部屋に来てみれば十分ともたないだろう。かび臭さや歩くだけで蔓延《まんえん》するホコリ、生き生きと窓際に生えている苔。

俺だって嫌だ。けど仕方がない。掃除する時間も気力も俺にはない。

そんな部屋に来客が現れた。

いや、しかし正規の客ではない。

なぜならそれは扉からではなく窓から現れたのだから。

「誰だ？」

「ほう。うつぶせの状態からでも気づくとはやるのぅ。さすがわらわが認めているだけはある」

「うつぶせってだけじゃないぞ。一週間連勤での疲労もある」

「なんと。そこまで過酷な環境であるか」

随分と幼い声から労《いた》わるような哀切が聞こえた。

やはり正規の客ではなかったようだ。——この騎士団の環境を知らないのだから。

不思議に思って首を横に回して片目だけで一瞥《いちべつ》する。

俺が寝ている時間だが夜というわけではなく、真っ昼間。

太陽の光が差し込み眩《まぶ》しく、目がくしゃりと閉じそうになるのをなんとか堪《こら》えて慣れさせる。

するとようやく声の主の姿が見えてきた。

窓に腰掛けている小さな影。

膝まである細く長い紫色の髪に、太陽と見まごうほどの黄金色の大きな瞳をした——

可愛《かわい》らしい幼女だった。

「誰だ、おまえ」

「わらわはギルドマスターのリフ。お主をスカウトしに来た！」

「…………そうか」

「なんじゃ、反応が薄いのう」

ギルド。

聞いたことがある。かつて同僚であった団員が入団する前に勤めていた組織だ。

様々な依頼を冒険者と呼ばれる者たちに斡旋《あっせん》するとかなんとか。それで依頼を達成すると金がもらえるシステムらしい。

多少は興味が湧いたけれど、その同僚も翌日には天に召されたか騎士団から逃走したので話は聞けなかったが。

「まぁなんでもいいけど騎士団の敷地に勝手に入っちゃだめだぞ。親御さんが心配しているかもしれないから早く家に帰りなさい」

「むっ。もしかして信じてないのか？」

「逆にどう信じろというんだ。ギルドマスターっていえば、ギルドで一番偉いんだろ？　五歳くらいの子供にギルドマスターを任せる組織なんてありえないだろ」

「五歳ではない！　見た目だけで判断するでない！」

ぷりぷりと可愛らしく怒る幼女。

柔らかそうで、もちもちとしていて、皺《しわ》のない滑らかな肌。穢《けが》れを知らなそうな光り輝く瞳。……どこをどう見ても幼女だ。

「じゃあそこらの人に聞いてごらん。『私は何歳だと思います？』って。とち狂った連中以外はみんな十歳以下と答えるはずだから」

「それを言われてしまえば……認めざるを得ないが。しかし！　わらわは五歳ではない！」

「……そうかい。まぁなんでもいいさ。じゃあ君は立派な大人だ」

ここで子供に張り合う時間さえも惜しい。

瞳を閉じてまた眠る。

相手をしている時間が勿体《もったい》ない。今は睡眠を取らねば。

「絶対大人だと思っておらんじゃろ。良い、とりあえず話だけ聞いてくれ」

急に真剣な声色になる。

さっきと同じようなテンションだったら全く耳も貸さないつもりだったが、ギャップのせいでつい聞いてしまう。

「さっきも言ったがジード。お主を直接スカウトしに来た」

「……」

「何度も断られておるが、今回で最後にするつもりで顔を合わせに来た。すまないと思っておる。だがお主が羽ばたく場所はここではないと考えているのじゃ」

「……」

「契約金として金貨百枚を用意しておる。もちろん、ギルドに入ればSランクの籍も用意してある」

「……」

「どうじゃ、一つ返事だけでもいいから聞かせてはくれまいか」

窓際から下りてきて俺のほうに来たのだろう。声が近くなった幼女が縋《すが》るように聞いてきた。

「一つ、何度も断られているって言ってるけどなんの話だ？」

「騎士団を通じてお主の引き抜きをしたのじゃが……お主が断っていたのではないのか？　もしや騎士団からなんの話も来ておらなんだか？」

「仕事と残飯と死神しか来たことがない」

「……前々から聞いてはいたが、やはり王国騎士団は腐っておったか」

なんともまあ生々しい話をする幼女だ。

外の労働環境の話は何度も団員から聞いたことがある。思い出補正もあるのだろうが相当良いらしい。そのうえで騎士団はかなり悪辣な環境だとも。

「騎士団を抜けてもいいなら抜けたいよ。けど俺は騎士団に捕まった囚人で、団員として働かなくてはいけないんだ。どうしたらいいかも分からん」

つい、そんな弱音と愚痴を吐く。

そんな包容力が幼女にあった……のかもしれない。

「ふふん、安心しろ。手は尽くしている。あとはジードの言質が欲しかっただけじゃからな」

「……？」

自信満々に言う幼女に俺は疑問符を浮かべた。

◇

それからしばらくして扉が開けられた。

ばしーんっという勢いのよい効果音付きで。鍵は元からかかっていないのでプライバシーとやらは一切ない。

「ジード、来い！」

それはいつも俺を起こしに来る団員ではなく、第一騎士団の団長であるランデだった。

俺をわざわざ起こしに来るとは……今日の仕事は大陸でも制覇しろってか？

「なんでしょうか」

「いいから来い！　のろのろするな！」

「……はぁ」

どれだけ寝かせてもらっただろうか。

一時間……いや、窓に差し込む光の角度を見るに三時間くらいは寝られただろうか。

森にいた頃は毎日が死と隣り合わせだったからびくびくと怯《おび》えてほとんど寝ずに過ごしてきた。それが良い経験となっている。いや良い経験かどうかは考え直す必要があるが。

なんの仕事だろう……もっと寝かせてほしい……なんて思いながら背中を追いかけていくと、行ったことのない部屋に着いた。

「ここは？」

「……」

ランデは答えてくれなかった。だいぶ機嫌が悪そうだ。

しかし、上を見れば『談話室』という札があった。なにかお話でもする場所なのだろう。なぜ俺がこんなところに呼ばれているんだ？

なんて思いながら部屋に入る。

ソファーが二つ向かい合わせに置かれていて、中間には高価そうな黒いテーブルがあった。

そしてソファーの片側にはどこかで見たことのある可愛らしい幼女……――ああ、どこからか入り込んできた自称ギルドマスターのリフがいた。

そしてもう一方にはシーラも座っていた。

「座れ」

ランデがリフのいる側に目を配って俺に言った。リフ側のソファーに座れと言っているのか？

……なんだなんだ？

座っていいのか？　肩幅ほどに足を広げて一日中ずっと立っていろと命じる鬼がなにを言っているんだ。

ソファーになんか魔法陣でも仕掛けられてないかと見るが、なんのトラップもない模様。ひとまずの安全を理解して座る。

「誰の許可を得て座ったぁ!?」という理不尽な罵倒も覚悟して。

しかし予想に反してランデもシーラ側に座って、リフに睨《にら》みを利かせている。俺にはなにも言うつもりがないらしい。

というか年端もいかぬ幼女になんて目を向けているのだろうか。人でも殺しそうな勢いがある。

かくいうリフはなんともなさげに俺の方を見て満足そうに微笑《ほほえ》んできた。

「さっきぶりじゃの、ジード」

ほとんど寝ぼけていたから記憶にない。だが会ったことと会話の内容はある程度なら覚えている。

そこでじっくり考える。

……この状況まさか。

「それではジードは騎士団を脱退するという形で良いか？」

唐突にリフが言った。

それに対し、額に血管を浮かべたランデがテーブルを思いっきり叩《たた》いて唾をまき散らすほど大声で言った。

「まずはジードの話を聞いてからだと言っているだろうがぁ!!」

うお。

突然のぶちぎれにちょっとビビる。でもまあ慣れているので心臓が跳ねるようなことはない。

シーラのほうはかなりギョッとしているが。実の父なのに……いや、実の父だからこれほどまでに怒り狂っている姿は見た覚えがないということだろうか。

ランデはこのように暴れる寸前にスイッチが入ることがよくあるので覚えておくと良いだろう、と内心で伝える。伝わったかは知らない。おそらく多分絶対伝わっていないだろうけど。

「ふむ、ではジード。改めて確認するが、騎士団を抜けてギルドでやっていくつもりはないか？」

「……あー」

そうだ。俺はリフから騎士団からギルドに移るみたいな話を受けたんだった。

それで契約金だか前金だかで金貨百枚もらえるとか。騎士団の給金は生活費など引かれて銅貨十枚だから、正直かなり胡散臭《うさんくさ》く感じてしまう。

というか今でも信じていない。

「ああ、例の契約金じゃがもうここにあるぞ。ほれ」

不審そうな顔でもしていたのだろうか。

リフが薄っぺらかったはずの懐からギシギシに詰まった麻袋を取り出してテーブルに置いた。どこから出したんだろ。空間系の魔法を発動したのかな。眠いからよくわからない。

麻袋の中にはたしかに金貨がいっぱいに詰まっていた。パっと見ただけでは数えきれないほどの枚数だ。

ごくりと喉が鳴った。

金を使ったことはあまりない。使う機会がないし、そもそも労働に対して賃金が少ない。未払いの月だってあるくらいだ。

だが数少ない金を使った時のご飯は覚えている。脂たっぷりのステーキと旨味の詰まったスープは忘れることができない。

それらが銅貨三枚で買えたのだから、これらの金貨があればなにができるんだ？

自分の家を持って……家事をしてくれる人を雇って……当然おいしいものも食べられて……。

夢が……膨らむ。

「おい！　ジード！　おまえ、自分の使命はなんだ。言ってみろ！　『身と魂を捧《ささ》げ、国

を守る』ことだろうが！　まさか金をちらつかされた程度でなびくつもりはないだろうな!?」

「いや、騎士団脱退してギルド行きます」

「はぁ!?」

ランデが顔を歪《ゆが》ませて俺を睨みつける。

そして口を開いては俺を罵った。

「それでも誇り高き騎士団の一員か!? それでも第一騎士団の人間か! おまえは国を守るために今まで働いてきたのだろうが! それが金を見せられて尻尾を振る!? 愚か極まりない言動だ! 侮蔑に値する!」

だのなんだの放ってきたが、はっきり言ってどうでもいい。

もう俺の耳には彼の言葉は入ってこない。

それよりも目はぎゅうぎゅうに詰まった金貨に釘付《くぎづ》けだ。

だが一つ問題がある――俺は騎士団に囚《とら》われた身なのだ。

「ぬふふ、これでジードも騎士団脱退ということで良いな?」

「……いいや良くなぁい! ジードにはこれからも騎士団で働いてもらう! こいつは騎士団が捕らえた囚人だ!」

「うむ? それは変な話だろう。ジードは囚人などではなく、騎士団に保護されただけだろう？　うまく言いくるめて団員として働かせたようだが、我らギルドとは違って個人を縛り付ける規則でもあるのか？　騎士団は」

「そんなものは……！」

「くくく。確認する時間さえ与えずに使い潰そうとするとは悪逆よな。されど、これでジードも認識を改めた。もう解放しても良いじゃろう。ジードもそう思うじゃろう？」

「まぁ、俺に非がないのであれば遠慮なくギルドに行かせてもらいたい」

つまり、俺は囚人というわけではなかったのか。

国中の人族から犯罪者として追われると厄介なことになるので今まで逃げ出すこともしなかったが、どうやら裏目に出ていたようだ。

「ぐぅ……！　ジードのその腐った性根を叩きなおしてやる！　改心させてやる！」

ランデが身を乗り出して俺に摑《つか》みかかろうとする。

だが、それを今まで静観していたシーラが止めた。

「お父様！　これ以上はやめてください！」

「なにを言うシーラ！　俺はこいつの性根を叩きなおすのだ！」

「お父様のそれは個を潰すということでしょう!?　もう彼は辞めたいと言っているのですから無理強いは……！」

「ぐぬぬ……！　シーラ！　おまえを副団長に抜擢《ばってき》したのは今後を見据えておまえの価値

観を変えるためだ！　それがまだ分からないか！　この国には戦力がいるのだッ！　そのためにはこういう実力行使も……！」

「実力行使って！　ジードの実力は騎士団総員以上の……！」

とかなんとか。

そんな言葉が部屋中に響き渡る。

俺はそんな中でリフに聞いた。

「俺はいつ騎士団を辞められるんだ？」

「手続きはこちらで済ませる。もう席を立っても構わんぞ」

「……そうか」

俺はすこし考えた。

もしも騎士団を辞めたら？　一応は与えられている寝床と食を捨てることになる。それは果たして良いことなのか。

いつ死んでもおかしくない職場ではあるが、それでも『職場』としての体《てい》はあるのだから——。

いやまあ秒で席を立ったんですけどね。

だって今よりひどい環境とかあったらそれはもう地獄を超えるなにかだから。で、騎士団は地獄だからこれ以上のひどい環境はない。

禁忌《きんき》の森底《しんてい》で五歳の頃からやり直せ、と言われれば騎士団を選んでしまうかもしれないが。

しかし、むしろあったらあったで想像できなかったものに出会えた嬉《うれ》しさに感謝することにしよう。

――とにかく俺は今より人生を良くするために騎士団の外で生きていきたい。

そう思いながら俺は引き留めようとするランデの姿を尻目にその場から去っていった。

第一章

ギルドはホワイトだった

The Slave of the "Black Knights" is
Recruited by the "White Adventurer's Guild"
as a S Rank Adventurer

1

第一話　ギルドで冒険者になる

「ここがギルドの本館ってやつか？……いや、本館ってやつですか？」

リフに連れられ、ギルドまで来る。

それはクゼーラ王国・王都の中枢に近い場所の建築物だった。

見た感じ、七階建ての見上げるほど大きな建築物に、家十軒を丸ごと食ったかのような広さ。どれだけ一等地を買い占めたんだ。

王都って中枢に近ければ近いほど地価が高いらしいが……。

俺にぽんと金貨百枚を渡せたりするほどだし、一体この組織だけでいくら持っているのだろう。

「うむ、立派じゃろう！　本館ではなく本部であるがな。……というか改めて敬語を使うでない、気色悪い」

「体裁的な面があるじゃないですか、やっぱり」

「やめい。その手のひら返しは脂ぎったへこへことなにを考えているか分からん成金商人どもを思い出す。あやつら、わらわが子供じゃないと知ると急にニマニマとしだすから気色が悪いのじゃ」

「お、おぅ」

まぁそこまで言われれば直さないわけにはいかない。

そもそも、俺もあまり敬語は使いたくないからな。見た目が子供のリフに。

「大変なんだな、見た目が子供ってのも」

「本当に。元はナイスバディーの美女じゃったんじゃがのぅ……ほれ、あやつみたいに」

「元は……？　ほー……ありゃたしかに」

リフが気にかかるようなことを言う。だが、それよりも彼女が指さした女がこれまた美女で、過去のリフには大して興味が湧かなかった。

ギルド内で大きな掲示板を眺めているだけで人の視線を集めている女性だ。

燃えるような長い赤髪と赤い瞳、女性的なラインを描いている身体《からだ》つき。顔も良いから、あれは歩いているだけで人の注目を集め――あれなんかこっち見てね？

「なんかあの人こっち見てない？」

「まぁよい。それではギルド内を案内するぞ～」

「いや、見てるよね。なにあれ、すごい睨《にら》んでる気がするんですけど」

「良い。行くぞ。まだバレてはおらん」

「めっちゃ不吉なこと言うじゃん。しかもなんか来てるんだけどこっち」

飢えた獲物を見る、というのはまさに彼女のことを言うのだろう。

ギラギラとした視線をこちらに向けながら、真っすぐこちらに向かって来ている。

「まずい！　行くぞジード！」

「え？　え？　なになに！」

リフが俺の手を摑む。

小指をぎりぎり握りしめられる程度の柔らかく小さな手から、余波で風が生まれるほどの魔力があふれる。

「『転移』じゃっ！」

魔法の詠唱。

しかも単語一つで済ませている。

まだ信じていなかった。

だが、この幼女は間違いなく数十年は生きている。そう感じるほどの魔法鍛錬、そして凝縮された濃密な魔力。

ああ、認めるとも。

これは間違いなく各国に支部を置くほどの大組織の『マスター』クラスだ。

……だから君まで睨まないでほしい。

「ついやってしまったんです……」

「つ・い・じゃと？」

「はい……申し訳ないです……」

謝意を込めて軽く頭を下げる。

幼女が責めるような眼差《まなざ》しで俺を見る。

「つい……それだけでわらわの『転移』を跳ね返すなぁ！」

赤髪の美女から逃げようとして発動した『転移』の魔法を弾《はじ》いてしまった。

おそらく俺ごと一緒に転移しようとしていたからだろう。魔力が俺にまで纏《まと》わりついてきたから……。

一種の防衛本能だ。勘弁してもらいたい。

「むむぅー、これではもう逃げられないではないか」

「そうっぽいな」

ギルドの外と中。

かなり距離があったはずなのに息も切らさず俺らの眼前にまで美女が来た。

「なんじゃ、クエナ。なにか用か？」

「なにか用かじゃないわよリフ！　そこに連れてるやつがジードね！」

クエナと呼ばれた美女が俺を指す。

「ああ、俺がジードだけど」

「なんじゃ見初めたか？」

「み、見初め……？　っ！　一目惚《ひとめぼ》れってこと!?　そ、そんなことしてないわよ！」

ばっさり斬り捨てられた。相手が美女なだけに心が痛い。

「とぼけないでリフ！　私を差し置いてこいつをSランクにするんでしょ!?」

「それなら既に話し合いで決まっておろうが。まだごちゃごちゃ言うつもりか」

「話し合いってほとんど誰も参加してないSランクの人らと、ギルドの役職持ちの話し合いでしょ!?　なんで私たちAランクが省かれないといけないのよ！」

「当たり前じゃ。Aランクが上位であるSランクの人事について意見できると思っておるのか」

「そりゃ今のAランクにいるメンバーの昇格なら問題ないわよ！　でもぽっと出のやつが急になるのが変だって言ってるの！」

どうやらクエナは俺がSランクに昇格することに反対しているみたいだ。

前に聞いたことがある。ギルドはランク制でSランクが一番上のランクであると。さらにSランクになるには一年に一度だけ行われる試験で受かる必要があり、受かるのは一人だけであると。まぁ実際に受かるのは数年に一度だけって話だが。

「せめて実力の証明を行えと言うのじゃな？」

「そうよ！　今のままだったら他のAランクのやつらも不満でしょ！」

「じゃが既にSランクのソリア・エイデンからジードは推薦されておる。ほかに様々な重役からもな」

「【光星の聖女】ソリア・エイデン様……まぁ、たしかに彼女が熱く推薦したから多くの冒険者は認めているわ！」

なんだ、置いて行かれているぞ。

俺がこうせい？の聖女さまとやらから推薦をもらっている……？　ほかにもいろんな重役から……？

リフだけじゃなくて俺を推薦した奴《やつ》はいっぱいいたのだろうか。

でもどうしてだろう。俺には推薦されるような人脈はないはずなんだが。

「けど……それでも私は自分の目でたしかめないと認められないわ！」

「はぁ、ごちゃごちゃうるさいのう、じゃあ殴れ。ほれ、ジードを殴って殺せ」

「おまえ過激派すぎないか!?」

リフが俺の命をあっさり奪わせようとする。

随分と乱雑だ。クエナも殺気のこもった瞳を向けないでくれ。腰に携帯している剣に手をかけないでくれ。

ガチャ。

と、クエナが剣を抜いた。赤い鞘《さや》に収まっていたのは、実際に燃え上がる赤い刀身だった。すごい熱そうだ。

てか、え？

「ちょっと待って。マジでやりあうの？　ここで？　いやいや、人が普通に往来してるけど」

「言い訳はいらない！　他人や建物を斬らなければいいだけよ！」

「いや、遠慮してたら見たい全力も見られないんじゃないのか？」

「ぐ……じゃあどうするのよ！　場所を改める!?」

言い返したら拗《す》ねられた。

場所を改めるって言っても……。

「ではギルド流に戦ってみてはどうじゃ？」

「「ギルド流？」」

クエナと言葉が被《かぶ》った。

すると髪や目の色と同じくらい顔を真っ赤にして俺の方を小突いてきた。

「言葉かぶせないでよ！　まるで息が合ってるみたいじゃない！」

「いや理不尽な」

ここもブラックか？　先輩にいじめられるのか？

「ジードには一応説明しておかなければの。ランクが上がるにはどうしたらいいか分かるか？」

「依頼を受けるんじゃないのか？」

「うむ。依頼を受けることは大事じゃな。しかし、正確には依頼を達成した際に『ポイント』が付与されるからじゃ」

「ポイントか」

「今回、わらわが言ったギルド流の競い方はそのポイントを目安にした勝負じゃ」

その後、簡単に説明された。

依頼を達成すると得られるポイントの数を競おう、というものだった。

日時は今日からの三日間だ。

なぜ三日間なのか。

これは単純に高ランクの依頼をこなすには時間がかかるとの判断だ。

「ふーん。構わないけどこれ私が有利よ？」

「ほう、なぜじゃ？」

「だって私のほうがポイントに詳しいもの。それに依頼のスムーズな転がし方もね」

「たしかに。パーティーも組まずに単独でAランクにまで上り詰めたお主は他と比べて実力もノウハウも別格じゃろうな」

「ふふん」

リフに褒められたからか、クエナが得意げな顔をする。

「しかし、その上で勝てると思ったのじゃよ。ジードがの」

「正気……？」

「うむ、わらわの目に狂いはないであろう」

「ふーん。まあいいわ」

自信満々にリフが頷《うなず》く。

ここまで堂々と信用されていたら嬉《うれ》しいものがある。騎士団では常に『おまえの代わりはいるんだからなぁ！』とか言われていたし……。

「あ、そうじゃ。仮にジードが負けたらSランク認定はなかったことにするがの、もしもジードが勝った場合はどうするのじゃ？」

「なに？ 私がみんなにSランクに相応《ふさわ》しかったと言いふらせばいいんじゃないの？」

「そんなもの既にソリアがやっておるわ」

「じゃあどうすればいいのよ」

「それはわらわが決めるものではないのう」

言いながらリフが俺を見る。つられてクエナの目も俺を見た。

なるほど。俺が代償を課せというのか。

まぁ負けたら俺が称号をはく奪されるのだから当然の流れといえば当然なのか。

「じゃあ案内役とか？」

「案内役？　なによそれ」

「俺あんまり詳しくないんだよ、前にいた騎士団以外の世界のこと。同僚の話を聞くのと、任務をこなす時にチラっと見聞きするくらいでさ。だからしばらく案内役やってもらおうかなって」

「はぁ？　まぁ、それくらいなら別に構わないけど」

本当にいいの？

って顔でクエナが見てくる。

いやいや、仕方ないだろう。咄嗟《とっさ》に浮かんだのがこれだったのだ。

それに案外悪くはないと思うのだが。クエナにとっても取られるのは時間だけだし、俺も変に外のことで迷う必要がない。外の話をいっぱい聞けるのだから。

「本当にそれでよいのか？　クエナがなんでもすると言っておるのじゃぞ？　それこそ男女のムフフをな……」

「ちょっ、なんでもするとは言ってないわよ!?」

「なんじゃ、自分が負けるとでも思っておるのか？」

「いや思ってないわよ！」

「ならよかろう」

「……？　そ、そうね。まあたしかに……」

「え。じゃあ案内役取り消して俺の女になってくれって改めてもいいの？」

「いやよ!?」

「なんだよ……」

ここぞとばかりに割り入ってみたがダメだった。ガードは固いみたいだ。

じゃあ最初からそんなこと言わないでくれ……

「じゃあ私が勝ったらSランク昇格は私のもの！　ジードが勝ったら私が案内役になる！

それでいいわね!?」

「いや誰がお主をSランクにすると言った。ジードのSランクを取り下げるだけじゃ」

リフのツッコミにクエナがてへっと自分の頭を小突く。

可愛《かわい》いけどあざといな。

というか俺に突っかかってきたのは自分がSランクになりたいからだったのか。

まぁそれ以外の理由もとくには見当たらないし、そんなもんか。

こほんっとリフが軽く咳《せき》をして仕切り直す。

「ではクエナが勝利した場合はジードのSランク認定を取り消し、ジードが勝利した場合
クエナはジードの案内役となる。これでよいな」

「ええ、いいわ」

「ああ。俺も問題ない」

俺とクエナの同意により、ギルド流とやらのポイント競争が始まった。

◇

どの依頼を受けようか。ギルドの端から端まで続く長大な掲示板の前で雑然と貼られている依頼書を見ながら考えていた。

隣にはアドバイザーとしてリフがいる。

素人の俺に対するハンデのようなものらしい。ただし力を借りてはいけないとのこと。

依頼よりも先に俺はふと思った。

「おまえらって暇なのか？」

「なんじゃ唐突に」

「いきなり勝負吹っ掛けてきたり俺なんかに構ってくれたりしてるから、他にやることないのかなーって」

「クエナのことか？　あやつはこれに勝てばSランクの座が近づくと思っておるからのう。そもそも、元からAランクの中でもSに近い存在じゃったし。あれはあれで指名依頼もあったりして忙しい身ではあるのじゃぞ？」

ほー。

指名依頼ってのはおそらく、文字通り依頼主の指名で依頼を受けるって感じだろう。まぁSランクに拘《こだわ》っているようだが、世間一般から見ればAランクも雲の上の存在……ってのも聞いたことがある。

あいつもあいつですごいやつなのだろう。知らんけど。

「おまえにも言ってるんだよ。一応組織の管轄的な存在なんだろ?」

「一応っていうか正にそうじゃ」

「……俺が言いたいのは偉いねってことじゃなくて、暇を持て余してないかってことだぞ。だから胸張って威張っていいことじゃないぞ?」

リフが幼女らしいぺたぺたーんな胸を張って偉そうに鼻を高くする。

「わらわには優秀な部下たちがおるからの、問題はない。それよりも依頼どれにするか決めんか」

「そんなあっさりと済ませていいものなのか……?」

かなり無責任なギルドマスターだな。

本当にこんなところに入っても大丈夫なのだろうか。いや、まあギルドに所属するわけじゃなく、あくまでも冒険者は下請け的な存在だからマシと考えるべきか。

まぁでも。

受付や、たまに見る職員的な人らは活気にあふれていて楽しそうだ。

少なくとも俺がいた騎士団とは違い、ゾンビと見紛《みまが》うほどの死にかけの人々はいない。

良い環境なのだろう、ここは。

さて依頼だな。

掲示板には無数の依頼がある。それらは薬草摘みやゴブリン討伐など子供でもできるようなものから、オークの集落を潰してほしいだとかフェンリルの毛を取ってきてほしいという高ランクに指定されたものまである。

だが……。

「うーん、どれもあんまりだな」

「ほう。言うのう」

大体の目安だが、

Fランクの依頼は1ポイント

Eランクの依頼は3ポイント

Dランクの依頼は5ポイント

Cランクの依頼は10ポイント

Bランクの依頼は30ポイント

Aランクの依頼は50ポイント

て、な感じだ。

しかし、肝心のSランクがない。

それにAランクも数が少ない気がする。

「ほかに依頼を掲示している場所はないのか？」

「本部はこれだけじゃな。あとは指名依頼や緊急で来る依頼以外はないの」

「そうか……」

それもそうだよな。

掲示されている数少ないAランクの依頼を見るだけでも村一つが壊滅するレベルのものだ。

それがバンバンと依頼されているわけがない。その上に位置するSランクが一個もないのは当たり前だ。

それになによりここは王都。王国の中枢だ。

ほとんどの場所が開拓されているし、騎士団の目も光っているから……。

待てよ。

「辺境の地とかだったらSランクの依頼もあるのか？」

「良い着眼点じゃな。しかし、辺境の地であれば依頼金を払うほどの金持ちはおらん。だからAランクすらない支部まである」

「そんな甘くはないかぁ」

と、ぐだぐだ考えていたらパーティーを組んでいる奴《やつ》らが数少ないAランクの依頼を取っていった。

「あっ、Aランクが」

「どうするんじゃ、王都はそれなりに稼ぎに来てる奴らもいるでの。依頼にも限りがあるぞ」

「そうだな。そろそろ行かないと」

クエナはもうすでに依頼を受けてギルドから出発した。

俺もぐずぐずしている暇はないのだ。

「ちなみにじゃが、クエナはAランクを一個とBランクを二個取っていったぞ」

「え。そんなのありなのか？」

「同時依頼受理は特認じゃな。クエナは信頼があるからの」

「それ俺もできるか？」

「わらわが認める実力ではあるがの、ジードは依頼遂行経験がないから厳しいじゃろうなあ」

クエナが言っていた有利ってのはそういうことか……。

そう考えると新入りの俺は不利だな。

もうこうなったらなにも考えずに依頼受けてくるか。

「はぁ、今週まだ三時間しか寝てないのに」

愚痴をこぼしながら、とりあえず掲示板から一番ポイントの高い依頼を取った。

◇

ジード、リフ、クエナが約束をした日から三日が経《た》った。

時間はすでに夜も更けているためギルドに人影はあまりなかった。

受付担当や、気張る新人たち、そしてギルドマスターであるリフくらいだ。

ギルド内の扉が開かれてクエナが入ってくる。

約束の日時ちょうどだ。

だが、ジードの姿はない。

クエナに気づいたリフが手を振って声をかける。

「お、帰ってきたか。三日ぶりじゃの」

「ええ。Aランク一個とBランク二個はさすがに厳しかったわ。ギルドに帰る暇すらなかった」

「ということはこの三日で本当に達成しおったか」

「無理だと思ってたの？」

「正直そのランクと数と時間ではAランクでもパーティーを組んでる者しか無理じゃろうとは思っておった」

「まさか不正でも疑ってるの？」

「はっはっは、そうであったらとっくに見抜いておるわ小娘め」

「ず、随分ひどい言われようね。まぁ信頼と受け取っておくけれど」

「信頼しておるよ。にしても、三つの依頼をまとめて達成報告か～、気持ち良いじゃろうなあ」

クエナが持っていた拳ほどの大きさの麻袋から巨大な角や牙を取り出す。

麻袋はマジックアイテムになっていて、外見からは想像もつかない内容量を収納できている。

そこからクエナが取り出したものは魔物の角や牙だった。

既に依頼者に対して提示を済ませており、依頼者から受け取った依頼達成の証《あかし》である書類も持っていて、それも取り出して受付に渡している。

つまりは依頼達成報告と、魔物の部位の売却である。

どちらも即座に換金される。

しばらくして受付から金貨十三枚と銀貨二十七枚が渡された。

だが、クエナが金よりも先に口にしたものは別だった。

「ポイント110ね」

「おお、三日でそれか」

リフが目を見開く。

Aランクから Sランクに昇格するための試験を受ける条件の一つ。累計ポイントが1万を超えていること。

果てしなく長い道のりに見えるが、仮に今回のクエナのペースをキープできれば最低のFランクから始まる素人でも、年内にはSランク昇格試験が受けられるレベルだ。

「ポイントの稼ぎ方は依頼だけではないのだがの、クエナはもう依頼だけでも十分Sランクに挑めるの」

「当たり前よ。今の累計ポイントの大半は依頼で積み上げてきたものだし」

すこし自慢げにクエナが語る。

クエナの累計ポイントはすでにAランクの中でも上位に位置している。中にはカンストした者もいるがそれは数名だけ。しかも彼らはSランクには上がれずAランクにくすぶっている。

そういった面を考慮すればクエナがAランクの中で最も昇格の可能性が高い人材とも言えた。

だからこそ、そんなクエナをあっさりと出し抜くようにSランクをかっさらっていったジードに反骨心を見せていたのだが……。

「それよりもジードは？　約束は今日までのはずよね。これ以降に達成した依頼は有効にはならないわよね？」

「ああ、もちろんじゃ。贔屓《ひいき》はせんよ」

「ならもしかして逃げたの？」

「くくっ。それよりもなにか違和感ないかの？」

「違和感？」

リフがにやにやと悪戯《いたずら》っぽく表情をやわらげた。クエナは片方の眉を下げながら全体を見回す。

なにか巨大な魔物でも倒して持ってきたのだろうか？

どこかに血糊《ちのり》でもついている？　そんなことはない。ギルドの顔たる本部は清潔に保たれているので、常にそういった汚れは落とされる。

ならば、もしかしてもうギルドにいる？

いや、ジードの姿はない。

「なによ、別になんとも。もしかして依頼がないからって本当に逃げ出し…………──依頼が……ない……？」

クエナの顔が青ざめる。

ツーーっと額から頬にかけて汗が通った。

小馬鹿にしようと吊《つ》り上げられた頬がひきつる。

クエナが指でさした掲示板は──────いつもよりも依頼書が遥《はる》かに少なくなっていた。

「ど、どういうことこれ!?　急にみんなやる気出したの!?」

「ふっふっふ、気が付いたかの。そして現実逃避はやめんか。急にやる気なんか出すわけがなかろう。まあ数パーティーほどは感化されておったが……」

「か、感化ってなにが!?　だってこれって……！」

減っている依頼数は一や十じゃない。

百や千──そのレベルだ！

「もしかしてこれをジードがやったっていうの!?　Aランクの依頼は全部なくなってる……BとCランクも！　残ってるのはDランク以下のものばかりじゃない！　それもかなり少ない……」

「はっはっは。おかげで王都から多くの冒険者が離れて行ってしもうたわ。『仕事がないんだけど！』とか愚痴りながらの」

リフがその時のことを思い出しながら愉快そうに笑う。

「じゃあ本当にジードが……!?　でもどうやって？　物理的に可能なの、これ……？」

「最初は一個ずつちまちま受けておったよ。じゃが、たったの一時間で十個完了した辺りから受付も特認を出したからの。特認を出されてからは一つの地域の依頼を丸ごと請け負っておったわ」

「なによ、それ……」

クエナが腰でも抜かしたのか、あるいは連日の疲れからか、足から崩れ落ちた。

「正直に言ってしまえばわらわも想定外であった。この三日間、なにかを食べている姿も寝ている姿も見ておらんからの」

「そんな状態で依頼を達成したの!?」

「うむ。とんでもないやつじゃったわ。はっはっはっは！」

「いやいや……本当に人なの……そんな真似《まね》できるの、人外魔境のSランクでも……」

へなへなと力が抜けたクエナが持っていた麻袋を落とす。

それほどまでに衝撃的なことだったのだろう。

「じゃ、じゃあジードはどこに行ったの？　まさかまだ依頼を？」

「いやいや、一通りの依頼を終えたら『これでクエナが受ける依頼もねーだろ！　ぐははは！』とか言って宿に泊まりに行ったわ」

「そんなキャラだっけ……」

「寝ないでいると頭がおかしくなるからのぅ。そんなところじゃろ」

「というか私がほかに依頼を受けるって発想が恐ろしいわよ。まあ、でもそうよね。さすがに三日も働いていたら寝たくもなるわね……」

「いいや、正確に言えば三日ではないの」

「え？」

「騎士団では一週間働かされて三時間しか寝かされなかったそうじゃからの」

「え!?　それでまた三日間も本部の依頼が尽きるまで働いたの!?」

「だから言ったじゃろ。わらわも想定外じゃったとっ！」

それはもう楽しそうにリフが笑い転げる。

彼女としてもここまで依頼をあっさりとこなしたジードに敬服しているのだ。驚きのあまりもう笑いしかこみ上げない。

「あ、あはは……」

クエナもまた笑みをこぼすのだった。乾いた笑みを。

◇

陽《ひ》と共に起きる。

すべての依頼を終えて寝たのは昨日の夕方くらいだったか。

リフが『もう物理的にこのポイント差ではクエナは追い付けんよ』と言った時点で宿をとって寝た。

さすがに睡眠不足も限界だった。

俺が顔を洗い始めてようやく鳥が鳴き始める。

いつもの光景だ。

むしろ普段よりも寝られてスッキリしている。

俺はそんな目覚めに――罪悪感を抱いていた。

果たしてこんな怠惰でいいのだろうか、と外に出る。

そしてリフから伝えられていたクエナの家に行った。ギルドに近い、王都中心の豪華な一軒家だ。チャイムを鳴らす。

「……こんな時間に起きるとかバカなの？」

クエナが寝巻き姿で半開きの眼《め》をこすりながら俺を叱る。

「こんな時間ってもう朝だろ？　たとえ一分しか寝られてなくとも、この時間に起きるのが普通なんじゃ」

「いやいやいや、いつの時代の奴隷よ。普通なわけないじゃない。むしろ私たち冒険者は昼に起きるくらいがちょうどいいのよ」

「そんなことが許されるのか……」

「逆にどうしたらそんな旧奴隷制度のようなものがまかり通るのよ」

クエナが呆《あき》れ顔《がお》で指摘する。

騎士団では平然とまかり通っていたぞ……ありえない。

「てか、なんの用よ」

「案内役を頼もうかと思って」

「……この時間に？」

「うん」

「奴隷まで頼まれた覚えはないのだけれどね……」

「それを聞かされて今は申し訳ないと思ってる」

実際クエナが寝ていたい方便ではない、というのはなんとなくわかった。

往来をあまり人が歩いていない。玄関先に佇《たたず》んでいる俺の後ろを通り過ぎたのは一人か二人くらいだ。

「それに案内役ってなにすればいいのよ。王都の案内でもすればいいの？」

「まぁそんなところだ。あとクエナが言っていた『依頼の転がし方』ってやつも知りたい」

「ふーん、まぁ王都の案内くらいならお安い御用よ。依頼の転がし方に関してはもうジードは自然とできてたらしいわよ」

「できてた？」

「そ。リフから聞いたけど『地域一帯の依頼を受けて消化する』ってやつね。あとは薬草を見かけたら要らなくても拾っておいてギルドの薬草採取の依頼を消化したりするの。それくらいね」

「おー、なるほど」

特認の荒業にも見えるが、薬草のほうは誰でも実践できて便利そうだ。

ただ「まぁ薬草を摘んでおくなんてDランクまでよ。そんなことをしてるCランク以上の冒険者はいないわ」とも言っていた。

「じゃ、まあ改めて昼くらいに来なさい」

「どうしてだ？」

「そりゃ王都を案内するなら皆が起きてる時間帯じゃないとね。今じゃ意味ないわ。それに眠いし……ふぁあ」

身体《からだ》を伸ばしてあくびをしている。

薄い寝巻きに張り付いた身体のラインが素晴らしい。

「じゃあ昼に来るからよろしく頼むよ」

「ほーい。おやすみ～」

そう言ってクエナが家に戻っていった。

陽が昇っても寝られるのは羨ましいな。

たとえ今から空が暗くなって音もなくなって、柔らかく包まれるようなベッドにもぐりこんでも、俺はきっと眠ることはできないだろう。

長年に亘って染みついた癖だ。

瞼《まぶた》が閉まることを恐れる。

ってことで――昼までちょっと仕事しますか。

◇

「……うそでしょ、あんた」

クエナがジト目で俺のことを見てくる。

視線が痛い。

「悪いと思っている」

「いや……なんで依頼こなしてたら夕方近くにまでなるのよ！　私との約束は!?　なんで私がわざわざこんな森にまであんたを捜しに行かなくちゃいけないのよ！」

クエナの声が森全体に響き渡る。

近くにいた鳥たちが慌てて逃げ出した。

「ギルドでは行き違うし……どうしてこんな時間帯になるのよ。普通もっと早くに気づくでしょ」

「いやぁ、仕事が残っているとどうしても片付けないといけないって思ってしまって」

「あれは仕事じゃなくて依頼よ、い・ら・い！　受けるか受けないかはあなたの自由なの！」

クエナが人差し指を立てながら何度も釘《くぎ》をさす。

「そんなこと言われてもな。受けなかったらリフからもらった契約金が意味なくなってしまうから」

「契約金って……なにも契約してないんでしょ？　実際は移籍金的な意味よ、あれは」

「ん、Sランクのカードもらった時に『依頼はなるべく受けてくれの』とは言われたが」

「なるべくでしょ!?　それくらいみんな言われているわ！　すべて受けろとは言われないはずよ！」

頭を抱えながらクエナが愚痴る。

ギルド職員でもないのになんで俺の仕事について考えてくれているんだろう、と思っていると。

「いい？　あなたがAランクからCランクの依頼をあらかた消化したから王都から冒険者がほとんど消えているのよ。これ以上Sランク様が働いたら下の人たちの仕事がなくなるの！　バランスを考えてちょうだい。それにあなたになんのメリットもないでしょう、Aランク以下のお金や実績なんて」

なるほど。

彼女も彼女なりの理由があったのか。ギルド職員側ではなく、冒険者側の意見だ。

このままだと俺がすべての依頼を喰《く》ってしまうと。そうなったら彼女も居場所を変えざるを得ない。それが冒険者というものなのだろう。

クエナは自宅を持っているから活動場所を変えにくい、という事情もあるから、なおのこと控えてほしいのだろう。

「それはすまなかった。配慮が足りなかった」

「いや……素直ね、だいぶ」

クエナがなんだか拍子抜けしたような顔になった。

「まぁいいわ。それじゃあ約束通り、王都の案内をするわ」

「いいのか？　もう夕方近いぞ」

「ええ。昼じゃなくとも王都は夜だって楽しいわよっ」

クエナが随分と気乗りした様子で楽し気に言う。

一応は……歓迎されているのか？

「そうか。まずその前に依頼者と会って達成報告させてくれ」

「…………分かったわ」

クエナの背を追って、俺は縄で括《くく》り付けた大量のゴブリンの死体を引きずるのだった。

なんだか出端をくじかれたかのように苦笑いをされているが、まぁ些細《ささい》なことだ。

◇

「ここは一流レストランね。上位ドラゴンのステーキは予約必須だけど普通に提供されることもあるわ。王族御用達《ごようたし》でもあるのよ」

「武器とかの手入れだったらここね。わざわざ遠くから著名な猛者まで来るわ」

「…………

……

そうやっていろんな場所を教えてもらった。

しかし、

『……肉が……美味《おい》しいのに……胃が拒絶するぅ……！』

あまりにも脂が上質すぎてお腹《なか》が驚き、びくびくっと身体が痙攣《けいれん》して止《や》まなかったのを覚えている。

『すみません！　斬れ過ぎて鍛冶屋ぶっ壊しちゃいました！』

ただ剣を振っただけで鍛冶屋が両断された。人に当たらなかったのは幸いか。

「……はぁ」

クエナが額を押さえながらため息を吐いている。まるで頭が痛いと言わんばかりに。

いや、俺にも自覚はある。

せっかく案内役を頼んだのにどうも上手《うま》くいかない。

「すまない、俺はどうも格式が高いところは向いてないみたいだ」

「薄々そんなことだろうとは思っていたわよ。でもそれじゃあダメよ。SランクはSランクなりの格を持たないと。依頼者だって質が高くなるのだから」

「たしかにクエナとのポイント勝負の時はAランクの依頼は豪商だってやつらが多かったな。怒鳴ってきたりして質が高いって感じでもなかったけど」

「それ聞いてるわよ。真夜中に依頼達成の書類をもらうために押しかけたからでしょ？　あんた夜中も走り回ってたみたいだし」

「え、だって、いつでも達成の書類は提出していいって聞いたからさ」

「そんな方便もあるけど、一応は依頼者の都合も考えなさい。Aランクの依頼を出せる人が苦情を出したら面倒だからね」

「これも仕事か」

だとしたら慣れないといけない……のか。

しかし、高級レストランは一食三十銀貨もかかるし、超一流の鍛冶屋は剣一本三十金貨もかかる。

「慣れたら慣れたで怖い……」

「なら最低でも耐えるくらいはしなさいよ」

「はい……」

涙目になりながら俺は頷《うなず》く。

そうか、そうだな。思い返せばこれも仕事か……。ならやるしかない。

いや、別にいいのだ。俺は無理やりにでも慣れるから。高級食なんて毒だと思えば美味しく感じるだろうし、異様に斬れる剣だって慎重に持てば大丈夫だ。

「あのね、ジード。でも」

「？」

「どうしてもイヤならやらなくてもいいんじゃない。人にはできないもの、不向きなものとかってあるわけだから。冒険者はそういうところ自由が利くわ」

「いい、のか？　だってイヤって言葉は死んでも使うなって。できないのは甘えだって」

「……だから本当にいつの時代の話よ。あんたもしかして奴隷制度があった時の住人じゃないわよね」

「違うが……」

クエナがドン引きしている。

ああ、ダメだ。涙出そう。

「おまえって良いやつだよな」

「なっ、なによ、気持ちが悪いわね！　案内役ってこういうことでしょ」

「いや、俺はてっきり機械的な説明を想像してたから」

顔を真っ赤にして小突いてくるクエナに弁解しながら、往来で開いている露店を見た。

鼻をくすぐる良い匂いに腹が鳴った。

「なんだ、あれ？」

「あれはビフボーンの串肉ね」

「旨《うま》そうだな……食ってみたいなぁ……」

「え？　食べたいなら食べればいいじゃない。銅貨一枚で一本買えるわよ」

「いや、でも………あ」

そうだ。頭になかった。

俺はもう冒険者で飯も自由に食っていい。金だってある。それを思い出し、足が露店に向いた。

「えっと」

露店のおっちゃんの前に出る。

こういう時はどうすればいいんだっけ。

数年前に外出を許可された時は……いや露店で食べたかったけど食堂で金を使い切ったんだった。

やり方が……わからねぇ。

「はぁ、しょうがないわね。とりあえず五本ください」

「あいよ、銅貨五枚ね」

クエナが金を支払い、露店のおっちゃんが串が入った袋を渡す。

一連の動作に俺はすこし感動した……！

「はい、金貨一枚」

「おうっ、ありがとう！」

麻袋から金貨一枚を取り出してクエナに差し出す。

しかし、クエナは取ることなく手を引いた。

「ちょ、なに本気にしてるのよっ」

「え？　いやでも手数料みたいな……」

「いやいや、だとしても金貨はさすがにないわよ！　あんた価値理解してるの？」

どこか怒りを含んでいる表情でクエナが俺に聞いてきた。

価値の仕組みは理解している。だが、実際に金を使う機会も触れる機会も少なかった。

「言われてみれば簡単に渡してる……のか？」

「当たり前でしょ。ほっとけないわね」

腰に手を当てて呆《あき》れた表情になる。

面目ない……。

「じゃ、はい。三本ね。二本は私のもの」

「ありがとうっ。それでいくら払えばいいんだ？」

「いいわよ、これくらい。奢《おご》ってあげるわ」

「えー……案内まで頼んで奢ってもらうのは気が引けるな」

「そんなんだから良い様に利用されるのよ。もうすこし堂々としなさい。利益を最も重視しなさい」

「そ、そうだな……はぐ……うまっっ!!」

クエナからもらった串肉を食べた。

外側は歯ごたえが良くて中はとろけている……！　タレと脂の絡みが口の中にほどよく残って香りが鼻をくすぐる……！

うまいっ！！！

「話聞いてるの？ってレベルで気の移り変わりが早いわね……」

またクエナに呆れられたっぽいが、それよりも串肉が美味しい。話の内容が右から左に流れていく。

「あまり聞いていない！　うますぎるから！」

「ちょっとっ。しっかりしなさいよ！　そんなんじゃ……」

「もぐもぐ。いや……大丈夫だ」

「なにがよ」

「この前、依頼主の人らを見てさ。いろいろと考えが変わったんだよ」

「？　どういうこと」

「鍛冶屋のおっさんがさ、めちゃくちゃ厳しそうなのに『――あーもう時間時間、やめだやめ。今続けてもロクなもの作れねぇ！　こんな日に仕事しても意味がねぇ！』って言っててさ。ああ、たしかに下手に続けても意味ないなって思ってさ」

「へぇ」

「宿屋のおばさんとかも冒険者がいなくなって全然人いなくても掃除しててさ、それやっても意味あるのかなって思ってたら『――たしかに人はいないけど、綺麗《きれい》に掃除すると気が引き締まるし、明日へのエールになるから』って言ってて。掃除なんか意識したことなかったけど、たしかにって思えた」

「仕事ってのはやらされるものじゃなくて、やるものだからね」

「ああ、本当にな」

だからなにもかも強制される騎士団がどれだけ悪辣な環境だったかも再認識した。

そして冒険者がどれほど自由な職業なのかも。

なんて考えていると――冒険者カードが低音を発しながらぶるぶると震えた。

◇

ギルドカード。

通称、冒険者カードとも言われる。

四角形で拳で握れるくらいの大きさ。色はいろいろとあるようだが俺は黒色で、文字は白く表示される。

自分の身分や、掲示板に貼られている依頼などを表示し、依頼予約をすることまで可能だ。

そしてギルドカードが鳴る理由は三つあると説明を受けた。

一つ目はギルドからの呼び出し。規約違反であったり、もしくはなんらかの話がある場合だ。

二つ目は指名依頼。意味はそのまま、依頼主から指名された場合にギルドから連絡が来る。

そして今回は三つ目だ。

緊急依頼。

受理するかしないかは通常の依頼と同様に冒険者に任されている。

だが、受理しない場合はポイントが減点となり、ランク降格まであるそうだ。

「神聖共和国で魔物の大量発生、ね」

クエナも同じく自分のカードを見ていた。音や振動はなかった。任意で設定できるのだ。

依頼実行中に振動や音で邪魔されないために。

「Sランクの依頼だな。随分と達成金も高い」

「神聖共和国は中立国としてかなりお金が回っているからね。こういう緊急時は国民が金を出し合うし」

「そうなのか。ん、それにこの移動手当って」

　カードに表示された内容に『移動手当：クゼーラ王国から神聖共和国は銀貨10枚』とあった。

「ああ、それはギルドからの手当てよ」

「え、移動するだけでお金がもらえるのか？　俺たちの一歩はお国の一歩……」

「なんの話よ。まさか歩きで行くわけじゃないでしょうね？　馬車で行くに決まってるでしょ。神聖共和国から王国まで一日はかかるのに。それに往復するのだから少ない方よ」

「そうなのか……」

　夜が明けても行進しなければいけない時代が懐かしい。

　疲労した状態で夜目を慣らしながら襲ってきた魔物を倒す……。

　ああ、楽しい時代だったな………。

「ちょっと、なに涙流してるのよっ」

「……いやあ、思い出にふけっててさ。ははは……」

　乾いた笑いが出る。

　とりあえず俺は依頼受理と表示された部分に魔力を流し込む。

「ジード、この依頼を受けるの？」

「ああ。そりゃそうだろ？」

「わざわざこんな遠出をする必要はないんじゃないの？　あなたのポイント的に」

「いやいや、いただいた仕事は遂行しなくちゃ」

「いただいたって……まぁ私も予約している依頼もないし、ジードだけじゃ不安だから受けるわ」

クエナが自分の冒険者カードをなぞる。俺と同様に依頼受理するようだった。

拒否する自由があるなら、受ける自由だってある。逆にそう考えられる。

俺はギルドという組織に恩を感じていた。今までのように働いていたら間違いなく俺は壊されていただろうから。

かといって献身的になりすぎて勝手に潰れても仕方ない。

それらを分かったうえで俺は依頼を受けた。が、まさかクエナまで付いてくるとは思わなかった。

「そこまで案内しなくとも……」

「これは勝負で負けたからじゃないわよ！　普通にほっとけないだけ！」

そう言ってクエナがそっぽを向いた。

ふむ。まぁ、ありがたい話だし感謝したほうが良い……んだよな？

「さっき自分の利益を重視しろって言ってたくせに随分と優しいんだな」

「そ、そんなこと素直に言うな！　恥ずかしいでしょ！」

顔を真っ赤にしながら小突かれた。

「それじゃあ行くわよ。まずは馬車の手配をしないと」

「馬車？　ああ、でも共和国まで距離そんなにないから歩きの方が早いんじゃないのか？」

「……その考えはやめておいた方がいいわよ。あんたに付いていけるのは同じく人外だけだから」

「……？」

まぁたしかに騎士団では後続を置いていかないように歩けと言われていた。

あれは単純に連係ではなく……付いてこられなかったからなのだろうか。だが第一騎士団の団長であるランデは『おまえに付いていけないからではない！　到着予定時刻で任務の誤差を生じさせないように……──』とか言っていたのだが。

ふむ？

まぁいいか。移動手当をもらったからには馬車を使った方がいいのだろう。

「あ、そういえば」

クエナが思い出したと言わんばかりに手を叩《たた》いた。

「あんたを強く推薦していた【光星の聖女】のソリア・エイデン様は神聖共和国の国教であるアステア教の筆頭司祭様よ。多分、いるはずよ」

「ん、そうなのか。というか司祭なのに冒険者なのか？」

「ええ。魔物の大量発生とか種族間での争いでギルド側から治癒系の依頼を出していたらいつの間にかSランクになってたとか聞いたことがあるわね。一つ一つの依頼のポイントが大きいから一年ちょっとでなったとか」

「へぇ、すごいんだな」

「……それ嫌味？　一日でなったでしょ、あんたは」

クエナがジトっと俺のことを見てくる。

「俺の場合は推薦とやらだからな。正規のルートで昇格したソリアはすごいと思うよ」

「推薦じゃなくても、あんただったら一週間も要らないでしょ……」

「はっはっは、それは無理だよ。もう依頼がないからな」

「ああ、そっちなのね……」

クエナが「もういいや……」と口にしながら俺の前を進んでいく。馬車の手配でもするつもりなのだろう。

置いて行かれないように小走りでクエナの横に行く。

神聖共和国か。

そういえば昔、騎士団の遠征で守りに行った国だったな。同盟国だから。でもあまり詳しくは覚えていないな。

まぁ、もしもソリアに会ったらお礼をしないといけないな。

彼女が強く推薦してくれたおかげでギルドに入ることができ、騎士団から抜け出す機会を得たのだから。

◇

神聖共和国の主要都市に着いた。

ここが中枢都市というわけではないらしいが、スケールは小さくなく王都と十分に比べられるほどの大きさと景観がある。

中央付近の広場に大きな女神の銅像が建てられていた。

銅像は杖《つえ》を持っている美女といった感じか。大きいのに威圧感はなく、すべてを受け入れる包容力を持っているように見える。

『ギルドの依頼を受けていただいた冒険者の皆様はこちらにお集まりくださいー！』

神聖共和国の騎士団が銅像近くに集まっていた。

そう、ここの銅像こそが冒険者たちの集合場所。俺の隣にはクエナもいた。

「……あんた、まだ食べてるの」

「んむ。王都の串肉と同じくらい美味《うま》いぞ」

クエナが叱るような眼差《まなざ》しでこちらを見る。

まだ集合時間には早かったから、露店で売られている串肉を買ったのだ。王都と違うのは味付けか。こっちは脂っこい肉なのに飲み込みやすい。さっぱりしている味付けだ。だからこそ余計に進んでしまう……。

「あ、食べる?」

「いやいいわよ。そんな『分けたくない……』みたいな顔しないでよ。それよりも受付が始まったみたいだし向かうわよ」

「え、でもまだ時間じゃないよな?」

「時間じゃなくとも行くの。ほら、見て」

クエナが周囲に目を配る。言われたとおりにクエナの視線を俺も追った。目についたのは俺たちと同じ冒険者たちだった。

誰もが受付に向かわずこちらを見ている。

「彼らは?」

「私達《たち》が先に行くのを待ってるのよ」

「どうして?」

「簡単よ。この中で最も上位のランクにいるのが私達だからよ」

「あぁ」

なんとなく理解した。

冒険者は依頼を受諾する自由がある。今回入った緊急依頼をまだ受諾していない冒険者もいるのだろう。

それが俺やクエナを見ている冒険者たちだ。

「上のランクにいる人達が受けると達成率と最低限の安全が確保できるって考えてるんでしょうね。だから私達が受けるのを待っている」

「賢いな」

素直にそう思った。

もしも彼らの立場で、俺もそんな考えに至ったら実践していただろう。

するとクエナがすこし目を見開いて言った。

「怒ったりしないの？」

「いやいや、それこそどうして？」

「だって金魚の糞《ふん》みたいなものよ？　苛立《いらだ》つのが普通だと思うけど」

「うーん、そうなのか？　ギルド側で調整が入っているんじゃないのか？　依頼達成金はランクが高くなれば高くなるほど多くなるって」

「ええ、まぁその通りよ」

串肉を食べ終え、木串を広場に設置されているゴミ箱に一寸違《たが》うことなく投げ入れる。

そして受付のほうへ向かった。

「ならいいじゃんか。誰だって死にたくはないだろ」

騎士団の時だってそうだった。

俺が常に先に行く。

そうやって危険な任務をみんなで一緒にこなしてきた。それでも彼らは過酷な日々に脱走したり、あるいは死を迎えたり、散々な毎日を生き抜いていたのだ。

今だって危険であることに変わりはない。

ならちょっとでも生存や怪我《けが》の可能性を減らしたいのは当たり前だ。

それに、目くじらを立てて依頼を受けない方がバカらしい。

なによりもギルド側で報酬を公正に調整してくれているのなら、なおさらだ。

「ほんと、変わってるわね」

クエナもそう言いながら俺に付いてきてくれた。

そして、俺たちのことを見ていた冒険者達も、ほっと胸をなでおろしながら後に続いた。

受付へ行く途中、ふと気になったことをクエナに聞いた。

「そういえばクエナはともかくなんで周りの冒険者は俺のことまで知ってたんだ？」

「え？　あんた結構有名よ？　飛び入りでSランクになって、たった三日間で王都近辺の依頼をほとんど喰《く》い尽くした人外だって。顔もマジックアイテムを通して、かなり知られているんじゃないかしら」

「えっ、そうなのか……」

初めて知った事実にすこし寒気がする。

そうか。そういえば、たまに冒険者と出会うと避けられていたな。あれは俺の顔が知られていたからなのか。

依頼を凅《か》らした男とは絡みたくないよな……。

なんて思いながら受付をする。受付は爽やかな青年だ。騎士団に入りたてなのだろう。

王国の騎士団ではこれくらいの青年は全員が死にそうな顔をしているが、この国の青年はとても元気そうだ。

「受付いたします。カードをお借りしてもよろしいですか」

「はい、どうぞ」

「たしかに確認しま……え。Sランクですね……？　パーティー名は……こ、個人ですか？」

「ん？　個人？　パーティー？」

分からない単語が出てきたぞ。

俺は個人になるのか？　でもクエナも一緒だからパーティーなのか？

なんて思っていると後ろで待機してくれていたクエナが、ひょっこりと顔を出して補足してくれた。

「個人のランクと数人集まったパーティーに与えられるランクがあるのよ。ジードは個人になるけどSランクだからどの依頼でも受けられる。この依頼も個人にあてられたものだから、個人になるわね」

「そうなのか。じゃあ個人ですね」

「は、はい。承知しました。これで手続きが完了しましたので、なにとぞよろしくお願い致します……！」

「あ、ああ。よろしくお願いします」

握手を求められた。握り返すと、両手で握られ深々と頭を下げられる。

Sランクというのはこれほど期待されるのか。それだけに責任が肩に乗っかっている気がする。

まぁ緊張や重責で潰れるなんてことはないが。

それから、ほとんどの冒険者が受付を完了した。そして今回の任務……——じゃなくて依頼の話が始まった。

◇

冒険者は総勢百名ほどが集まった。

俺やクエナを含めた冒険者勢は魔物が大量発生した森の北側に配備された。

もうすぐ作戦が開始される。だというのに、冒険者の顔つきに緊張はあまり見られなかった。

「さすがに場慣れしているのか」

ふと呟《つぶや》く。

しかし、俺の言葉にクエナが即座に返した。

「それは違うわ。森の北側は魔物があまり出現していないのよ。それに安心しているだけ」

「あまり出現していない？　ならなんで俺たちがこっちに来てるんだ」

「数が少ないからよ、冒険者の」

「百人近くいるんだぞ？」

「ええ。けど本当ならもっと集まっていたでしょうね。少なくとも倍以上は」

「まじで？　でもどうして……」

「……」

俺の問いに正確な答えはなく、ただクエナが叱責するかのように無言で目を合わせてきた。

あっ、と口にする。

「もしかして……俺のせい？」

「そうよ」

間髪容れず、クエナが答えた。

王都の依頼を遂行しすぎたせいで冒険者が近辺に少なくなったという話だが、それがここでも影響しているということか。

「冒険者達がまだ依頼のある、あちらこちらの国や争いがなく均衡を保っている種族のところに行っちゃったの。だから神聖共和国と、近隣にある王国からかき集めてもこれくらいの戦力にしかならなかった」

「……重々、反省してます」

「いや、あれは私もあなたの力量を知らずに勝負を挑んだから悪いのよ」

すごく申し訳ないという気持ちが溢《あふ》れる。クエナもなんらかの罪悪感を覚えているようだった。

「それにあのバカも止めずに面白がっていたし、あなただけの責任じゃないわよ」

クエナのこめかみに血管が浮かんでいる。

おそらくリフのことなのだろう。俺も感じてはいたが、ギルドマスターの彼女は随分と享楽的なようだ。

しかし。

それでもやってしまったのは俺だ。

考えなしに行動している、というわけではない。

だが、それでも知識や経験が足りない面が随分と多いと感じた。閉鎖的な環境に身を置きすぎていたためだろう。

「これからも依頼遂行のために見聞を深めていくよ」

「……あくまでも依頼遂行のためなのね。普通なら自分のために動くものよ。もう呆《あき》れを通り越して素直に尊敬するわよ」

クエナが苦笑いを浮かべた。

そういえば、と俺はクエナに尋ねた。

「ほかの方面はどうしているんだ？　すべて神聖共和国の騎士団が担当しているのか？」

「いいえ、それは違う。聞いた話だと近くに偶然、クゼーラ王国の第三騎士団が滞在していたそうなの」

クゼーラ王国、騎士団。

俺が元所属していた組織だ。騎士団は第一から第三まであり、第一は王都近辺を守り、第二は王国の内部を守り、第三は隣接する国境を守る。

俺はどこの騎士団にも所属していた。というのも、なにか任務があれば第一から第三騎士団まで走り回っていたからだ。

偶然、近隣にいたという第三騎士団も元々所属していた組織になる。それに、かつて神聖共和国の救助に来た時も第三騎士団としての任務だった。

「そうか。神聖共和国とクゼーラ王国は同盟国だからな。ギルド、王国、共和国の三つの勢力で守る形か」

「ええ。そうなるわね」

「ほー……」

神聖共和国の兵士が元気な理由の一端を見た気がした。

王国騎士団だったら冒険者を雇うなんて費用のかかることは絶対にしなかっただろう。同盟国を呼ぶこともなかった。借りを作りたくないという理由、そして弱みを見せたくないという理由から。

うーん。

王国騎士団が余計にやばいと分かってしまう。

思い浮かぶのは憔悴《しょうすい》しきった元同僚たちの顔だ。

実際のところ、俺は同僚の何倍も働いていた。その穴を埋められるほどの働き者が騎士団にいただろうか。

……もしかして。

俺がいなくなって相当まずい状況に陥っているのではないか、そう考えてしまう。

それにシーラだ。第一騎士団の副団長に突然昇格した少女。騎士学校のエリートらしいが、現場にあまり慣れてなく、騎士団の詳しい事情を理解していなさそうだった。しかし、愚直な正義感を持っていた。

体制の綻びに焦った騎士団が変な選択をしなければいいが……。

「あんた、もしかして王国の騎士団を心配しているんじゃないでしょうね」

「えっ。どうして急に」

「図星って顔ね。……はぁ、あんた変に真面目だから気になるのよ。あのね、騎士団は前の職場でしょ、しっかり割り切りなさい。依頼だってそうでしょ、一度終わればもうそれっきりなの」

「ああ、そうだが……」

「それに今は依頼が始まるところよ。それも緊急のね。ギルドのメンツがかかってると言っても過言じゃない。こっちに集中しないとダメでしょ?」

「ああ、安心してくれ。それは分かっているさ」

まだ魔物の討伐は始まっていない。だが、俺はすでに周辺の魔物の索敵を済ませていた。

魔力を薄い波のように放出して、魔力の呼応で生物と無機物の違いを感じ取る。それを常時行うことで魔物の質と数と位置が地図を見ているかのように分かる。

「……そうだったわね。依頼に関しては私が口を出したところでって感じか」

クエナが参ったといった風に手を頭くらいに上げて首を左右に振った。

いや、と俺は口にする。

「助かるよ。助かってるよ」

「――っ！　だからそういうことは口にしないでいいのっ！」

またクエナが顔を真っ赤にした。

鋭く俺の二の腕付近を突《つっ》く。

そんなこんなの雑談をしていると、ついに笛の音が森全体に響き渡り、魔物の討伐が始まった。

第二話　依頼開始

「炎武ッ！」

クエナが燃え上がる炎を横一文字に斬る。燃え盛る炎と切れ味が良い真っ赤な刃が縦列していた複数の魔物を両断した。

はっきりと実力は見たことがなかった。

だが、冗談でもリフが恐れた理由が分かった気がした。

クエナは強い。

『てぇやっ！』

『たぁッ！』

さらに周辺では複数の冒険者たちも戦っていた。

クエナには金魚の糞《ふん》と呼ばれていた彼らだが、決して弱いというわけではない。むしろ前線を押し上げていた。

ぶっちゃけて言ってしまえば俺は出番がない。

最初こそやる気まんまんで戦おうとしたが、それよりも我先にと冒険者たちが行ってしまったのだ。

クエナが地面に倒れこんでいるBランク相当の魔物にトドメを刺しながら聞いてきた。

「戦わないの？　あんた」

「いや、勢いがいいから俺が邪魔してはまずいかなって思って」

「ふーん。功績を譲ってるわけね。あんたなりに贖罪《しょくざい》のつもりなんだ」

「贖罪……か。そういうわけではないんだがな」

討伐した魔物の数や、魔物の死体から得られる物資は金になる。

依頼達成金とは別の報酬というわけだ。

彼らの勢いがいいのはそういう理由からだろう。

だから、俺は出てはいけない。王都や近くに残った彼らの財源をすこしでも残さないといけない。

それこそ俺が負うべき責めというものだろう。

だが、これが考えすぎだということも分かっている。

本来、依頼の枯渇はギルドが解決するべき事案だということも理解している。

それに俺が気を使わなければいけないほど、冒険者の彼らが弱くないということも。

それでも。

サボることで、罪悪感が減っていくのが分かった。

「初めてだ。こんなの」

思わず口にしてしまった。

以前までいた王国騎士団との違いが多すぎて、かけ離れすぎていて……。

まるで別の人生を歩んでいるようだった。

それから魔物の掃討が一段落を迎えた。

数が少ないとは言われていたが、危なげなく終わった。重傷者はいない。傷を負っていても軽い者ばかりだ。

そんな中で、ふと水晶の欠片《かけら》を見つけた。

薄い水色で……ほんのりと魔力が残っている。

これはマジックアイテムだ。こめた魔法回路の種類によって様々な用途に使える。

家庭用の水や火を出すものから、ものによっては転移を使えるものまである。

そしてこれは……。

「あれ、掃討戦にマジックアイテムを使うやつなんていたんだね」

欠片を握る俺の後ろからひょっこりとクエナが顔を出して言ってきた。

人によってはビビっていたぞ。それに距離が近い気がするが。豊満な胸が俺の背中すれすれに迫る気配を感じる。

「ああ、このマジックアイテムなんだが、俺は一度だけ見たことが――」

『伝令です！　西側で討伐戦を行っていた神聖共和国の騎士団が壊滅状態とのこと！　冒

険者の皆様には至急応援をお願いいたします！』

俺の言葉を遮り、大きな声で一報が入る。

かなり急いで来たのだろう。伝令に来た騎士団の団員が足を震わせていた。

『壊滅？　あの中立を維持できるほどの力がある騎士団が……？』

冒険者たちが顔を青ざめさせながら口にしていた。神聖共和国の騎士団が壊滅する事態は異様な出来事のようだ。

さっきまで余裕の笑みを浮かべていたクエナも衝撃を受けたといった感じに目を見開いている。

「なにぼさっとしてるんだ。依頼だろ、行くぞ」

たとえどんな状況であれ俺がやるべきことは決まっている。

魔物の討伐。それだけだ。

◇

壊滅状態。

たしかにその言葉が相応《ふさわ》しかった。

夥《おびただ》しい鮮血が地を満たし、薙《な》ぎ倒された木々が痛々しそうに転がっている。

いくつもの大規模な魔法が使われたのだろう。大地が抉《えぐ》れている。

「どういうこと、これ……」

クエナが痛ましげに言う。

団員の一人なのだろう。まだ若そうだが甲冑《かっちゅう》を着た青年が森の北側から来た俺たち冒険者の前に立った。

「ごらんのとおりです。前線はなんとか押し切りましたが、未《いま》だに魔物が多く。血の臭いに引き寄せられる魔物が……」

テントが張られて簡易的な陣地になっていたのであろう場所も、かなりの痛手を負っているようだった。

さらにラインを下げた場所に負傷者を運んでいるのだろう。

戦場に残っているのはもう息のない騎士ばかりだ。

魔力の波を飛ばして魔物を調べる。――なるほどな。

「さっき俺たちが北側でやりあっていた魔物より質も数も二倍くらいだ」

「そ、そんなにですか!?　北の魔物は少なく比較的に弱いと聞いていましたが……それでも、その二倍なんて……。こんな時ですが、神聖共和国の騎士団の本隊は別件で招集できない状態で……。王国の騎士団もまだ魔物の討伐に手こずっている様子なのです……」

苦々しい顔で青年が言う。

まだ階級も与えられていなさそうな若者だが、これだけの情報を知っているということは指揮官クラスではあるのだろうか。

だからこそ、彼からしてみれば絶体絶命といった感じなのだろう。

だが、ここには俺がいる。

「これくらいなら俺が対処しますよ」

「えっ？　い、いや。しかし、本隊じゃないとはいえ騎士団一つが壊滅状態になってるんですよ……？」

「敵を把握した張本人が対処するって言ってるんだから大丈夫でしょ。あんたは負傷者の手当てでもしてなさい」

「は、はい……しかし相当な数がいるので……あ。こ、これは大変不躾《ぶしつけ》な問いになってしまうのですが、他の冒険者さんたちの手をいくらかお借りしても？」

青年がおずおずと聞いてきた。

それほどまでに負傷者が多いのか。

「まぁほかの冒険者さんが望むならいいんじゃないですか？」

「そ！　そうですよね、ただでさえ魔物が多いのにまさかそんな……え？」

俺の返しに『正気かこいつ？』みたいな顔で見てくる青年。

そんな顔で見られたらなにか変なことを言っているみたいじゃないか。やめてくれ。

「聞いたでしょ、あんたたち～。下手に怪我《けが》したくなかったらこの騎士さんのお手伝いでもしてなさい」

クエナの指示に各冒険者さん達《たち》が頷《うなず》いた。

まぁ、もうここからは金を稼ぐことなど気にしている場合じゃないのだ。

それを理解しているのだろう。

青年の案内の下、冒険者たちがこの場から去っていった。

「クエナは行かないのか？」

「なによ。私もいたら危ないの？」

「ギルドの基準に当てはめるなら、Aランクが六つにBランクが十三、Cランクが四十二くらいか」

「なによそれ。質も数も北側の二倍くらいって言ってなかった？　それはもう十倍くらいあるじゃないの」

「さっきまではな。今のこの瞬間だけで急激に増えた」

「……なにが起こってるの？」

いよいよ事態の深刻さに気付いたクエナが尋ねてきた。

俺はさっき拾ってきた水晶の欠片を彼女に見せる。

「これだよ」

「さっきのマジックアイテムじゃない。それがどうしたの？」

「これは攻撃用じゃない。誘導用だよ」

「誘導……？　もしかして魔物の!?」

クエナがあまりにも驚いたのか声を張り上げた。

「そんなに驚くことか？」

「もちろんよ！　それは『奴隷の首輪』と同様に、争い合う種族間でさえ使用を禁止されているマジックアイテムよ！」

「えっ。そうだったのか？」

「逆になんで知らないのよ！」

おそらくクエナからしたら、その言葉は俺の常識知らずを叱咤《しった》したものだったのだろう。

だが俺はいたって真面目に答えた。

「クゼーラ王国では普通に使われていたからだ」

「王国で……？」

「ああ。魔物の出現頻度が高くなった際に面倒だから一斉討伐をしようなんて目的で使われた。……このマジックアイテムはそれと同じものだ」

「本当に!?　じゃあこのマジックアイテムって……」

「『偶然近くにいた王国騎士団が応援に来た』って話だけど、近いといっても国境付近だろう。ここからは遠い。騎士団クラスの規模が俺たち身軽な冒険者と同じくらいの速度でこの森まで来られるとは考えにくいんだよ」

冒険者は各自がいろんな地域にいる。元から神聖共和国に寝泊まりしている者だっている。さらに馬車まで手配されている。

反対に王国騎士団はまとまって動いている。さらに歩きだ。

行軍には時間がかかるはずなのに、まるで予想されたかのような動きだ。

「それはさすがに疑いすぎよ」

「……それだけじゃない。各国の救助要請には渋って遅れて到着するような連中なんだよ、クゼーラ王国の騎士団は。それなのに、こんな異常事態の中で偶然近場にいたから急遽《きゅうきょ》応援に駆け付けたってのはな。信じ難い動きなんだよ、元団員からしてみれば」

「で、でも出来すぎているんじゃない？　そもそも目的は？」

「目的……か」

『グォォォォッ!!』

血の臭いに釣られた魔物が、会話の最中だった俺とクエナに襲い掛かる。

四メートルはある角が生えた熊のような魔物だ。角が帯電している。魔法も筋力もある。

これでBランクくらいだろうか。

「テ、ティアルベアー……！　もうBランクがお出ましなの!?」

話を遮られるのは面倒だ。

「邪魔」

でこぴんでティアルベアーの上半身を消し飛ばす。これでもう動けないだろう。

ポカーンとするクエナに続きを言う。

「まぁ、王国騎士団の目的なんぞは聞けばいいさ——この魔物の群れの奥でこそ動いている奴《やつ》らに」

俺の魔力の波はすでに数名の人を捉えていた。そしてそいつらが持っているのは、おそらく俺が持っている欠片が完璧にそろっている状態の——マジックアイテムだ。

◇

神聖共和国の騎士団がラインを下げて敷いた陣営。

魔物を一掃した俺はさきほど出会った指揮官の青年と顔を合わせていた。

さらに数名、同じテントに騎士もいる。

「ク、クゼーラ王国の第三騎士団が今回の魔物の大量発生を起こしたというのですか!?」

俺が突き出した王国騎士団の団員に目をやりながら青年が尋ねてきた。

「はい。これが証拠のマジックアイテムです」

「これは……？」

「魔物を呼び寄せるものです。禁止されているようですが、まぁ実際はこうして使われているみたいですね」

「そんな、王国がこれを使って……。でもどうしてですか!?」

どうしても信じきれない、という顔をして青年が問う。

この様子だと俺が続きを言っても信じてくれなさそうだな。だが、まぁ事情は説明する必要がある。

ボロボロになっている王国騎士団の団員を一瞥《いちべつ》する。

「侵略、だそうですよ」

団員が居辛《いづら》そうに顔を背けた。

「侵略!?　お、王国が神聖共和国に対してですか!?　で、ですが第三騎士団はこうして危機に際して援助に来てくれているではないですか……」

想像通り、あまり俺の話は信じられていないようだった。

まぁそれもそうだろう。ぽっと出の俺が変なことを言っても信じてもらえない。ただそれはギルドの信頼がないというわけじゃないはずだ。

単純にSランクとはいえ急に昇格しただけの男が信じられないのだ。

てかそもそも個人と国じゃ国を信用するのは当たり前のこと。

だが、傍らにいたクエナも口添えしてくれた。

「たしかにそこの騎士が言っていたわよ。ジードに尋問されて『王国は神聖共和国を侵略するつもりです』って
「……それは。いささか信じられませんが……」

随分と歯切れが悪い。

まぁ彼も指揮官クラスなのだろうが、一介の兵士に判断できるレベルを超えている。

だがこっちとしてもこのままというわけにはいかない。

依頼内容は大量発生した魔物の討伐。つまり掃討戦になる。

魔物は第三騎士団が裏で操っているのだから、そちらの駆除も依頼の一部に入ってしまうと考えられる。

実際に騎士団の団員を捕まえてしまっているわけだし。

元凶を絶たねばこの戦いは終わらない。このままだとじり貧だ。上を呼んでくれ、と言いかけた瞬間。

陣地のテントがめくられた。

「怪我人はどこですか!?」

入ってきたのは快活そうな桃色の髪を持った美少女だった。

彼女の姿を見た者たちが一斉に顔を明るくパっと微笑《ほほえ》ませ、みんなが一様にその名を口

にした。

「「ソリア様!!」」

「ソリア・エイデン……【光星の聖女】」

隣にいるクエナも意表を突かれたようだ。唖然《あぜん》としていた。

かくいう俺も少し驚いている。

この子が俺をギルドに強く推薦してくれた一人のようだ。Sランクにして聖女とまで呼ばれている――。

まだ十代半ばか後半くらいの歳《とし》だろうか。

大きな瞳に色素の薄い白い肌、線は細いが芯はしっかりとしている。女性らしい身体《からだ》つきか。

なんだろう。ザ・聖女というオーラが漂っている。

そんなことを思いながらジロジロと見すぎていたせいだろうか。ソリアと目が合った。

「…………」

「…………」

一瞬、空気が固まった。かのように思えるほどの静寂が流れた。

あれ。

俺なんかした？

答えが見つからない。

とりあえず、

「どうも」

と軽く頭を下げた。

俺には見覚えのない顔だが、俺をSランクに推薦するほどなのだ。おそらく彼女は俺のことを知っているのだろう。

そしてその予想はおそらく当たっていたのだろう。

顔をカーッと効果音が付くほど綺麗《きれい》に赤く染め上げた。

「ジ、ジ、ジード……さんっ!! すっ、すみっ、すみませんが今は治療に専念するのよ私っ! そうよ、ジードさんとお、お、おっお話……! 今は治癒っ!!」

かなり混乱しているようだ。

だが言いたいことはなんとなく察しがついた。

「俺には構わず、まずは治癒してやってください」

彼女は治癒専門だと聞いている。なら怪我人《けがにん》が出たということで放ってはおけないのだろう。

「ありがとうございます!!」

なにもしていないのに心底嬉《うれ》しそうにお礼をされた。

さっきまで話していた青年が恭しい態度でテント内にいる騎士たちに指示した。

「ソリア様を怪我人のいるテントまで案内してくれ！　ソリア様、わざわざお越しいただきありがとうございます。仲間のことお願いします！」

「はい、善処します！」

にこにこの笑顔で去っていく。怪我人を治しに。

「あれがソリア・エイデン様よ。大陸最高峰の癒し手と言われているわ」

「ああ、すこし同じ空間にいただけで分かったよ。あれはすごい」

「そういうの分かっちゃうもんなのね。私はオーラがある、くらいにしか思えなかったけど」

もう俺との会話に驚きも戸惑いもないようだ。クエナが慣れたように言った。

第三話　王国騎士団の闇

クゼーラ王国の第三騎士団が、ようやく作戦を終えて戻ってきた。

俺やクエナや治癒を終えたソリア、さらに神聖共和国側の騎士たちが詰めているテントに、第三騎士団の団長にして【紅蓮《ぐれん》】の二つ名を持つバラン・ズーディーが入ってくる。

豪華な甲冑《かっちゅう》には傷や汚れなんてものは一つもない。ヒゲを生やして脂分多めの肌を持つ嫌味たっぷりな顔をしている。

バランが真っ先に俺に気づいた。

「あん？　おーおーおー、これはこれはこれは。金で王国を裏切った守銭奴じゃないかぁ。ジードくぅん？」

バランがなんとも言えないアホそうな顔つきで俺に迫る。

彼なりに俺を苛立《いらだ》てようとしているつもりなのだろうか。正直まったくピクリとも来ない。

軽い会釈に「ども」とだけ言っておいた。

「ああ、分かるよ。気まずいんだろう？　はっはっは、まぁそうだね。元上司との対面は辛《つら》いだろう。しかもそれが我々を裏切った後とは……余程なぁ？」

べつにこいつらに申し訳ないなんて気持ちを抱いたことはない。勝手な勘違いだ。そもそも裏切りではなく、しっかり手順を踏んで脱退したはずなんだが。

まぁでも下手に言い返すと本題から逸《そ》れていく。それよりも。

「俺なんかは放っておいて、今はそれよりも話すべきことがあるでしょう」

「放っておけ？　はっはっは、逃げるのに必死だな、裏切り者は！　そんなどうしようもない性格だから金なんぞに釣られるんだなぁ？」

うーん。

逃げるつもりはないのだが、俺はかなりヘイトを買ってしまっているのだな。言葉の意味を歪曲《わいきょく》してとられてしまう。

どうしたものかと考えていると、隣に立っていたクエナがため息を吐いた。

「あのねぇ、あんた分かってるの？　王国や騎士団はギルドでSランクとして迎えられる人材をお金も払えず引き抜かれてしまった無能集団ですって言ってるようなものよ、それ」

「な、な……！　クゼーラ王国を、誇りある騎士団をバカにするというのかっ！　それに私は第三騎士団の団長！　【紅蓮】のバラン・ズーディーだぞ！」

「名前だけは知ってるわよ、名前だけはね」

「なにぃ！　ならばこの私がたった一人で帝国の軍勢を抑えた逸話も聞いたことがあるだ

ろうが！　調子に乗るのもいい加減にしろ！」

感情が溢《あふ》れたのかバランが白銀の剣を抜いた。

クエナはまったく興味なさげで目も合わせようとしない。

変な膠着《こうちゃく》状態になってしまった。

「こほんっ、バランさん、いいですか？」

一つ咳《せき》を挟んでソリアが言う。

バランもソリアを見てたじろぐ。ソリアの影響力はそこまであるものらしい。

まぁこれでようやく変な雰囲気ではなくなった。

しかし、この続きはもっと混沌《こんとん》を呈する展開となるのだが。

青年指揮官がバランの目を見た。

「実は、別のテントで身柄を拘束させてもらっている第三騎士団の団員さんが禁止されたマジックアイテムを使用していたようなのです。お話を伺ってもよろしいですか？」

「な、なに？」

バランが明らかに動揺した様子を見せた。

「実はここにあるマジックアイテム、今回の騒動と関係があるようなのです。魔物を誘導するものとか」

「そうか。錯乱した団員がなにかしてしまったか。ならその男は処分しても構わん」

青年指揮官の言葉をロクに聞きもせず、バランがあっさりと切って捨てた。そのことにソリアが少なからず驚きと怒りを露《あらわ》にするのが分かった。

「あ、あなたの部下ですよ!? 錯乱したの一言で終わらせるんですか!?」

「それ以外にどうしろと? やってしまったものはしょうがないでしょう」

「それは……王国騎士団にも責任というものがあるはずです!」

「一人一人を管理はできませんからなぁ」

バランが小馬鹿にした笑みを浮かべながら耳を掻《か》く。話が聞こえていないとばかりに。

捨てた騎士など眼中にないということらしい。

青年指揮官が嫌悪感をにじませながら続けた。

「彼曰《いわ》く、あなたに命じられてマジックアイテムを設置したそうなのです」

「……なんだと?」

バランが青年指揮官をギロリと睨《にら》みつける。

「この私に! 自らが赦《ゆる》されたいがために罪を擦《なす》り付けたというのか!? その団員はどうしようもないゴミクズだ……!」

バランが唾をまき散らしながら怒りを露にする。

おいおいおい。

捕らえられた団員の視点からするとそれは思いっきりブーメランなわけなのだが。

「いつもこんな感じなの、この人？」

隣にいるクエナが俺の耳元に口を寄せて聞いてきた。

軽く頷《うなず》く。

「かなり自分本位の言動が目立つよ。騎士団のお偉いさんの共通点だけど」

「まぁ見た感じからして分かってたけどさ。しょうもないわね、こんなのが団長だなんて」

クエナがどうしようもないと肩をすくめる。

そんな会話をしていると、バランが続けて言い放った。

「では彼を連れてきてください」

それは——予期していた言葉だった。

彼とは捕縛された団員のことだ。

「……なぜ？」

青年指揮官がバランに問う。

バランが鼻を鳴らしながら言った。

「本当にその団員が私に命じられたと主張しているか聞かなければいけないのですよ。もしかすると貴方《あなた》たちが私たち第三騎士団にいわれなき罪をかぶせようとしている可能性もあるのでね」

嫌味ったらしくバランが言った。

どうにも彼は人に気を使うということができないらしい。言葉選びすらしていないようだ。

だいぶ不快に感じているようだが、なんとか堪《こら》えて青年指揮官が首を縦に振った。

「……そうですか、わかりました」

青年指揮官が騎士の一人に連れてくるよう命じた。

そして――捕虜がテント内に入ってきた。

◇

ジード達《たち》がいる前でバランは捕縛された騎士を口汚く罵った。

『貴様は役立たずのごみだ！』

『そんな貴様がこの名誉ある私に罪をなすりつけるとは言語道断だ！』

『騎士道をなんだと思っている！　貴様がやっていることは盗人《ぬすっと》や家畜にすら劣る行為だ！』

『このままだと国にいる貴様の家族がどうなるか分かっているのだろうな⁉』と。

もうそれは半ば脅迫のようなものになっていた。

これが騎士団の現状であるとジードは知っていたからなにも言わない。だが、神聖共和国の面々やクエナはかなり唖然《あぜん》としていた。

こんな人前でズタボロに部下を責め立てること自体が異常であるのだ。

捕虜になっているというのにも拘らず、自分の下で共に働く人間であるにも拘らず。

心配する一言すらなく罵声を浴びせる。

捕虜の騎士は涙さえ流していた。

そんな騎士にバランが続けて問う。

「貴様、私がマジックアイテムを設置するよう命じたと口にしたそうだな。……それは本当か？」

バランが睨む。

捕虜の騎士は身体《からだ》を強張《こわば》らせながらも、唇の震えをなんとか抑えて言葉を紡ごうとした。

「そ、それは。実際にそう……」

しかし。

捕虜の騎士の言葉をバランが大声で遮った。

「さっきも言ったとおりだ！　もしも貴様が私に濡《ぬ》れ衣《ぎぬ》を着せるようなことがあれば承知しないぞ。貴様だけじゃない……貴様の家族もだ」

「――ッ！」

捕虜の団員が言葉にならない衝撃的な顔をする。絶望、恐怖、不安……そういった負の感情が交ぜ込まれた暗い顔だ。

この世のすべてを諦めた、そう言わんばかりに顔に影を落として俯《うつむ》いた。

その姿に支配欲を満たしたのか得意げにバランがヒゲを弄《いじ》る。

「うんうん、それでいいんだ。貴様は錯乱して、禁止されているマジックアイテムを設置した。それらは誰に命じられているわけでもない、そうだな」

「……ち………う」

「あん？　なんだ？　聞こえないぞ～？」

もう逆らうことはない。

バランにはその余裕があった。だからあえて挑発的に、面白半分に耳を傾けた。

だが予想とは反対に捕虜は顔を上げて意を決して物申した。

「違うと言っているんだ！　俺はおまえに命じられてマジックアイテムを――……!?」

しかし。

すべてを言い切る前にその頭は――胴体から離れていた。

「……え？」

とは、地面に転げ落ちた頭が最後に発した言葉だった。

その頭が見たものは血まみれの剣を振りぬいているバランの姿だった。

「ふん！　余計なことを言わなければ良かったものを。最後まで錯乱していたとは哀れなものだなぁ。ではこれにて失礼する。まだなにかあるのであれば王国にどうぞ」

吐き捨てながらバランが去っていく。

斬り捨てた同胞の亡骸《なきがら》を拾うことなんてせず、ましてや視界に入れることさえなかった。そこらへんの石ころのように。

バランが去っていき、数秒後。

テントの中には――真実の光景が流れていた。

「――と、まあこんな感じで第三騎士団ひいては王国が関わっていたことは明確ですね」

俺はこの場に掛けていた幻影魔法を解いた。

バランが斬っていた幻影も陽炎《かげろう》のように霧散していく。そして捕虜の騎士は五体満足な姿で別の場所から姿を現した――。

「なんということだ……」

驚きを隠せず口にしたのは神聖共和国の重鎮だ。

彼はソリアが呼んだ。この緊急事態でも急遽馳《きゅうきょは》せ参《さん》じ、対応できる一番上の人間だそうだ。

「まぁそもそも一介の騎士が魔物を誘導するマジックアイテムなんて持てるわけがないからね」

クエナも俺の言葉に同意しながら頷く。

捕虜はばつが悪そうに俯いたまま否定しなかった。

「この一連のシーンは映像記録のマジックアイテムにて保存しております。ひとまずは上層部で緊急の会議を開き、対応を決めます。ジードさん、この度はありがとうございました」

かなり上の人間であるはずの男が頭を下げる。さらにソリアや青年指揮官らも一斉に頭を下げてきた。

「いやいや、あくまでも依頼の一環ですので」

さすがに恐縮してしまうので頭を上げてほしい。

そう思ったのに、さらに重鎮らしき人物が言った。

「いえ、ここまでやってもらったのですから依頼金の倍は出させていただきます！　本当に我が国の危機を救っていただきありがとうございます……！」

さらに深々と頭を下げてきた。

「そんな。頭を上げてください。そうやってお礼を言っていただけるだけで俺は嬉《うれ》しいですよ」

それは俺の本心からの言葉だった。

依頼を受けて金をもらう。それが俺の冒険者としての仕事だ。しかし、金と一緒に「ありがとう」の言葉も付いてくる。受付嬢からは「お疲れさまでした」とも言われる。

その言葉のありがたみが心に染みる。

それらはさっきのバランが思い出させてくれた。仕事はして当たり前。仕事を終えてからの言葉は「次の仕事に早く移れ」の一言。本当にどうしようもない組織だった。

そんなことを思っているとフルフルとソリアが震えだした。

え、俺なんかしたっけ。

なんて自分に非がないか思い返していると、

「どこまでっ……どこまで素晴らしいお人なんですか、あなたはっ!!」

今まで俺と視線すら合わせずキョロキョロとしていたソリアが俺の手を摑《つか》んで迫った。

随分と勢いがある。

だが、すぐに自分が過剰な反応をしてしまったと気づいたのかパっと手を離した。

「すっ、すみま、すみませんっ！　つい……！　あのっ、そのぅっ……そ、そう！　すごかったですね！　あの幻影魔法！　あれほど高等なものは見たことがないです！」

よほど恥ずかしかったのだろう。

顔を朱色に染めながら視線を合わせようとせず左右に彷徨《さまよ》わせている。

「そうね。たしかにあのレベルの魔法はバカギルドマスターさんくらいでしか見たことがないわね」

クエナがソリアに助け舟を出した。こいつ本当に気が利く。

「あー、あれか。あれは俺が小さい頃にいた森で幻を見せてくる魔物がいてな。その魔力の動きをコピーしただけだ」

懐かしいな。

いくら走っても同じ場所から抜け出せなかった。ようやく変な魔力の動きを見せる魔物を特定し、もう二度と同じような手に引っかからないように覚えたんだっけか。

「「「へ？」」」

みんなが一様に目を点にして首を傾けた。

「小さい頃にいた……森……ですか？　それに魔物が魔法を……？」

「……あんたどんな環境で育ったのよ？」

あれれ。なんだか引かれた気がするぞ。そんなに珍しかったかな。

◇

クゼーラ王国・騎士団本部。

そこでは第一騎士団団長および副団長、第二騎士団団長および副団長、第三騎士団団長および副団長、さらに指揮官クラスのエリートたちが集まっていた。

団長は円卓に座り、副団長以下指揮官クラスはそれぞれ直属の上司の後ろに立っている。

「やはり王から責任問題を追及されたぞ、第三騎士団団長バラン・ズーディー」

睨《にら》みを利かせるのはこの場においてもっとも権力のある立場の第一騎士団団長、ランデ・イスラだった。

ランデが見ているのは、怒りと驚きを交じり合わせた感情で記録用のマジックアイテムを見ているバランだった。拳ほどで四角の形をした青色のマジックアイテムにはバランが幻影を斬っている様子と、明らかに『無関係』とは言い逃れできない発言が映し出されていた。

「なぜ！　あそこにはたしかに捕らえられたあのバカ騎士の姿があったはずだ！　感触だって間違いない！　こんなバカなことが……！」

「よせ、バラン。醜い」

「だが、ランデ……！」

鬱陶しそうな第一騎士団団長ランデの姿を見て、バランは思わず口を閉じた。

「今のおまえには三つの選択肢がある。一つは神聖共和国から請求された賠償金をすべて自腹で払うことだ」

「そんな無茶な！　第三騎士団に支給された予算から団員の生活費や移動費を削っても賄えないぞ！」

思わずバランがこぼした言葉の異常性を理解できたのは、おそらく第一騎士団副団長のシーラくらいだ。

自腹と言っているにも拘らず、第三騎士団までも道連れにしようとしているのだ。我が物顔で。しかも団員たちの食費や馬車の運賃などをすべて使おうと言っている。

自分が貯《た》めこんでいる金を使おうという考えは微塵《みじん》もない。

こんなことは到底ありえないことだ。

しかし、今の騎士団のイカれた空気においては違和感のない発言だった。

そんなバランにランデが二つ目の選択肢を言い渡す。

「二つ目は――死ぬことだ」

「なっ!? 私に死ねと言っているのか!?」

「そうだ。責任を取れぬならせめて首を差し出せ。そうすれば神聖共和国側の条件も緩くなるかもしれない」

「ばかな! ありえない!」

まったく自分が悪いと考えていないバランが首を横に振る。

それも予想通りとばかりにランデが次の選択肢を口にした。

「三つ目だ。第三騎士団の全団員に『奴隷の首輪』を装着するよう強制しろ」

「……!?」

奴隷の首輪。

その言葉を聞いてバランは驚愕《きようがく》した。

それは魔物を誘導するマジックアイテムと同様に、いがみ合う種族間の争いでさえも使用を禁止されているマジックアイテムだった。

かつては裏で取引されていたこともあったが、あまりに非人道的すぎると種族間の軋轢《あつれき》を超えた同盟結成にまで発展して、流通させていた組織を壊滅させたほどのもの。

今では作製方法さえも途絶え、奴隷の首輪がまだ存在しているかも定かではない……はずだった。

「まさか……持っているのか？」

「ああ、国宝保管庫で発見した。そしてすでに――第一騎士団と第二騎士団では団員に装着を義務付けている」

「なに……!?　我々が神聖共和国へ遠征している間にか!?」

「楽でいいぞ。これで脱走者もいない。わずかに存在した命令に反抗する者もいない。死に怯《おび》えて怯《ひる》む者も――いない」

その言葉を聞いていたシーラの拳から血が滴っていた。

聞くに堪えない、見るに堪えないと、シーラは必死に現状から目を背けていた。この惨《むご》い会議の場にいることが、いつか状況を覆すための一歩だと分かっているからだ。

今のシーラにはなにもできることがないと彼女自身が一番分かっているからだ。

その上でやること、やれることを模索している。今は我慢と言い聞かせながら唇を噛《か》みしめていた。

だが、その反対に、第三騎士団団長バラン・ズーディーの口元は緩んでいた。

「そんなものがあるなら、さっさと言ってくれればよかったのに」

『!?』

シーラの些細《ささい》な希望さえも打ち砕かれた。

第三騎士団団長が止めてくれる、という微《かす》かで淡い期待さえも。

ランデがバランの言葉を聞いて同様に口角を上げた。

「そうか、すまないな。早く伝えておけば、捕虜となったあの男も余計な情報を吐く前に自殺するよう命じることができていたものな」

「まったくだ。しかし、これで二度と同じようなヘマをしないで済む。ははは！　よく教えてくれたな。しかし、奴隷の首輪を装着させれば私の罪が拭えるのか？　それはどうして？」

「――落とすんだよ、神聖共和国を。そうしたら賠償なんて問題も……なくなるだろ？」

「ふっはっはっは……！　なるほどなぁ。そもそも第三騎士団が魔物を誘導したのも、神聖共和国の騎士団を襲わせたのも、やつらの国を乗っ取るための下準備だったからな。こちらの戦力は死をも恐れぬ軍勢……これは領土が増えること間違いなしだ！」

シーラを除いた騎士団の上層部から笑い声が溢《あふ》れる。

その異質な光景を、王族や文官が見ていたらどう思うだろうか。

勘付いてはいるかもしれないが、ここまで腐敗していることを彼らは知らない。

そして騎士団上層部は、自身を客観的に見ることができればいかに狂っているか理解できたかもしれないが、それができずにただただ逸脱した状態で止まることなく、謀議を突き詰めていくのだった。

第四話　救いを求められる依頼

俺はまた緊急依頼を受けていた。

なかなかハイペースで緊急の依頼を受けているのだが珍しいわけではないらしい。とは傍らにいるAランクの先輩美人冒険者ことクエナの言葉だ。

「あんた足速すぎじゃない……？」

すこし疲れ気味にクエナが言う。

これでも王都からずっと走って森まで来たのだが、クエナは疲れこそすれ息は切らしていない。

「緊急の依頼なんだから急がないといけないだろ」

「けどもうすでに騎士団が先行しているって話じゃないの」

「ん、そうなのか？」

聞いていなかった話に問い返す。

「ええ。ここは王都近辺の森でしょ？　それだけでも騎士団の案件よ」

「まぁたしかにそうだな」

王都近辺は第一騎士団が守っている。

彼らは王族専用の護衛集団と言っても過言ではない。危険な魔物が現れでもしたら即座に討伐に向かう。

それは第一騎士団にも在籍していた俺だから分かるものだ。

ではなぜ俺たちにも依頼が回ってきたのか。

「まったく……商人たちもワガママよね。第一騎士団が討伐するんだから少しくらい荷物運ぶの待ちなさいよ」

「いやいや、鮮度の高い果物とかだったらスピードは大事だぞ。木から落ちて腐ったものを食べたことがあるが不味《まず》かった」

「……なんでそんなもの食べてるのよ」

クエナが「うげー」と顔を青くしながら言った。彼女は俺が過酷な森に住んでいたことを知っている一人なので今更説明する必要もないだろう。

彼女なりに茶化しているのだ。

「まぁ、でもその商人さんのおかげで依頼がこうして来たじゃないか。神聖共和国から帰ってずっと暇だったから丁度いい」

「あんた、あれから掲示板の依頼にあんまり手を付けてないもんね。ていうかギルドにすら顔を出してないし。あんまり気にしすぎなくていいのよ？」

「気にしすぎている、というわけじゃないさ。カードを見て依頼も確認してる。ただ程よいものがないだけだ」

「それならいいけど。っと、そろそろ着くわね」

「ああ。あとこのペースで走って五分だ」

俺の魔力の波はすでにワイバーンの群れ十七匹と戦っている騎士団総勢二百五十名を捉えていた。

そこには見知った魔力や姿かたちもあった。

「あと五分ね……相変わらずジードの探知魔法はすごいわね」

俺のこの波は探知魔法というらしい。

かなり高度な魔法で、普通では見つけにくい魔法陣によるトラップや、薄暗い場所で魔物の接近を感知するのに重宝する。

範囲はトップクラスの使い手で五メートルほどが限界らしく、普通は二メートルも伸ばせればAランククラスのパーティーからも勧誘が来るそうな。

俺は必要範囲しかやっていなかったが、この前ちらっと本気を出そうとしたら王都全域を呑み込んで魔物が過剰な反応をしたのでやめておいた。

ちなみにリフにも反応された。あの幼女はすごい。

そんな探知魔法で探り続けていると、なにか違和感を覚えた。

「ん……？」

「どうしたの？」

「いや、なんか変なんだよ。様子が」

「様子？　ワイバーンのこと？」

「違う、騎士団の方だ」

「騎士団が？　もしかして全滅でもしてるの？」

クエナがいくつも推察を立てる。

だがどれも違う。

「違和感は二つだ。一つはおそらくシーラ――副団長クラスが前線で戦っている」

「それは普通……じゃなかったわね。むしろ大ごとよね。どうしてかしら。団員たちが動けなくなってやむを得ずって感じ？」

「いや、団員たちは動けている。そのうえでシーラも戦っている。シーラは副団長に成りたてで俺たち下っ端にも優しく人情的に接していた。おそらく彼女自身の意志で前線に出て戦っているんだろう」

「なるほどね。でも違和感を覚えたんでしょう？」

「ああ。今までは父親である第一騎士団の団長からの命令で戦うことを許されていなかったはずだ」

そう。許されていなかった。俺たち団員が前にいる以上は後ろでどっしりと構えるように言われていたはずだ。

むしろこうやって戦場に出ることでさえ稀《まれ》なのだ。

「だからこその違和感ね。もう一つは？」

「もう一つは……首輪か？　首を一周している糸のようなマジックアイテムが団員たちの身体《からだ》を支配しているような……」

「首輪……支配……？　ねぇ、それってシーラって指揮官にも付いているの？」

「いや、付いていないみたいだな」

「……もしかするとそれって！」

クエナが俺の言葉からなにか勘付いたようだ。

だがその言葉の続きを聞く暇はない。もう五分が経《た》ったのだ。

つまり第一騎士団が争っている場所に着いた。

「――クエナは七時の方向から飛来してきているやつを落とせ！」

「分かったわっ！」

俺の咄嗟《とっさ》の指示に瞬時に対応し、忠実に炎の剣を抜いて体長が倍以上もあるワイバーンに向かっていった。

ワイバーンのランクはBだ。上位のクエナにとって一匹を相手にするのは造作もないだろう。

そして俺は——。

『グオオオエエエエエッッ！！！』

さらに前で戦っているシーラ。

剣を撥《は》ね飛ばされ、ワイバーンの攻撃を防ぐ手立てをなくしている。周りにいる騎士や兵たちは動ける様子じゃない。

——そのことはすでに探知魔法で理解していた。

「壱式——」

それは『禁忌《きんき》の森底《しんてい》』で出会った魔物の魔法だ。明確な像はないが、たしかに魔力としては存在していた。

その魔物は急に現れ、鋭い魔力でもって鋼鉄のように固い木々をいとも簡単に両断した。

要領はそれと同じ。

俺が初めて見て、初めて覚えた魔法。

剣を抜く動作を虚空でする。

魔力を込めるだけで、手の内にある虚は万物を切り裂く風の剣となる。

「——【一閃《いっせん》】」

ワイバーンはあっさりと二分された。

シーラに迫っていた身体は地面に落ちて死に絶える。

「大丈夫か、シーラ」

尻もちを突いて唖然《あぜん》としている金髪の美少女を横目で見ながら聞いた。

目を見開いたままなにも口にできない様子だ。見た感じ怪我《けが》はなさそうで安心した。

というか別の場所ではクエナがもう二匹も倒している。

団員たちは増援に安堵《あんど》して剣を地面に刺してそれを軸に身体を傾けたり、身体を地面に投げ出したり、思い思いに休憩をし出した。

シーラの指揮下にある部隊だから任務が終われば休めるのだろう。他の指揮官なら騎士の状態に構わずそのまま帰還するよう命令していたはずだ。

まだ全然ワイバーンはいるのだが、俺たち増援が到着したことで任務が一段落したと見なしたのか。それに彼らの顔は疲れで限界のようだった。

見ればシーラの整った顔も疲労で元気なさそうだ。

「なにかあったのか、シーラ」

もう一度、問いかけた。

するとシーラの瞳から涙がぽろぽろと零《こぼ》れ出した。

終《しま》いにはワイバーンの群れの中だというのに——俺に抱き着いてきた。

余程の恐怖だった、ということもあるのだろう。

だがそれだけじゃない。それだけでここまで追いつめられることはない。

シーラが一言、

「……も……う……むりだよ……ジードたすけて……！」

俺にそう縋《すが》り付いてきた。

◇

シーラの救いを求める声を聞いてしばらく経った。

俺とクエナでワイバーンの群れを退治した。というか、あらかた討伐していた。

団員のほとんどは倒れている。シーラも辛うじて三角座りをしているが限界のようだ。瞼《まぶた》を重そうに無理矢理こじ開けている様子が窺える。

そんな中でシーラが説明した。今、王国騎士団でなにが起こっているのか。そして団員たちの首に付いているものがなんであるか。

クエナが口を開いた。

「へぇ、やっぱり奴隷の首輪か」

クエナが予想通りと団員たちの首元を見る。

首元には、見え辛《づら》いが目をこらすと光を反射している糸のような線があった。

「こんな分かり辛いのか、奴隷の首輪って」

「いいえ、たしかもっと太くてガッシリしてたはずよ」

「その通り。奴隷であることを知らしめるための従来のものとは違って騎士団側がバレないようにと改造したもの。団長が言うには製作図もあったので簡単にできたらしいわ」

休んで幾分かマシになったシーラが説明した。

シーラの説明にクエナが納得したようだ。片手を開いて、もう片方の手をグーにして叩《たた》き合わせた。

「そりゃ禁止されてるマジックアイテムだもんね。団員たちには口封じすればいいだけだし、違和感を感知できる生き物はジードくらいなもんだし」

人外扱いされたことは放っておく。

しかし、これはどうにもきな臭い話がまた舞い込んできたな。

神聖共和国での騒動といい、王国騎士団が血迷ったとしか言いようがない。

「私どうしたらいいかな……」

シーラが弱音を吐いた。膝とおでこを合わせて顔を伏せている。

その姿は迷子になった子犬のようだ。

彼女なりに考えたのだろう。父親や騎士団には逆らえない。しかし、抗《あらが》いたいという正義感を持っている。そんな葛藤が彼女を苦しめたのだ。

その結果がこれだ。奴隷の首輪を装着させられて無理やり戦わされている団員よりも前に出て、すこしでも犠牲を減らそうとした。

だが、ワイバーンの攻撃に耐えられないほど彼女の疲労はピークに達したのだ。

「ジード……」

シーラが顔を上げて赤くなった目で俺を見る。

その続きは分かっていた。

「たすけ――」

だからその言葉も了承するつもりだった。

けど、クエナがその言葉を遮った。

「おっと。私たち冒険者には『助けて』なんて言葉を安易に使わないで。冒険者へ言っていいのは『依頼したい』それだけよ」

「……！」

一見、冷たそうにも思える発言だ。

しかし、それはシーラにとっての救いになる。

一縷《いちる》の望みではなく、現実的に状況を打開する希望があるとクエナが示したのだ。

「ジードも、Sランクが安請け合いしようとするんじゃないわよ」

「あっははは……そうだな。でも困ってる人を見ると助けたくなるじゃないか」

「だからあんたは人が好《よ》すぎるんだって……」

クエナが額を押さえて『やれやれ』と首を左右に振る。

彼女の言うとおりだ。

もしも俺が簡単に手助けをしたらギルドに依頼が回らなくなる。俺に助けを乞えばいいだけの話なのだから。

そしたら家の前に人の行列ができたり、郵便受けに助けを求める紙が殺到したりすることだろう。そんな状況は俺もギルドも望まない。

だからしっかり言ってもらわなければいけない。『依頼してください』と。

本当に、先輩には助けられる。

「……依頼……したいです……！」

元気を振り絞って、シーラが言った。

心からの言葉だ。

「じゃあ、まずは依頼金から話をしようじゃないかしら」

「い、依頼金っ。そうでしたね、まずは依頼金ですよね。でも私は騎士に成りたてで家のお金も使っちゃいけないし……集めても金貨五枚くらいしか……」

「なにを言っているの。現金じゃなくてもいいのよ？」

「現金じゃなくてもいい……？」

クエナの言葉にシーラが呆然《ぼうぜん》とする。

なにを意味するかが分からないのだ。

悪戯《いたずら》っぽくクエナがシーラを見る。それこそ足先から頭まで舐《な》め回すように……。

そこまでされてようやくシーラが理解した。

バッと身体《からだ》を守るように両手で覆った。

「まだ若いし相当な美少女ね。王国で奴隷制度が復活したのなら金じゃ値段が付けられないほどよ。競り落としなら軽く金貨千枚は超えるんじゃないかしら」

クエナがニマニマと冗談を口にする。奴隷制度は復活していないぞ。騎士団が奴隷の首輪を使っているだけだ。

まぁでも、シーラはたしかに別格だ。

大きな瞳に長い睫毛《まつげ》、桃色で小ぶりな唇に綺麗《きれい》な鼻。鮮やかな黄金色の髪は一本一本が細く、そよ風にさえ簡単になびく。

疲れが前面に出ていても色あせない可愛《かわい》さだ。

だが、あまりにもその言葉は不謹慎だと思った。

「おい、状況が状況だぞ」

「分かってるわよ。この国に対する皮肉よ。ロクに上が管理できていないことに無性に腹が立つの」

珍しくクエナが怒っているようだった。

なにかが彼女の琴線に触れたのだろう。

だが、対してシーラはクエナの皮肉に顔を赤らめた。

「あ……の。……わ、私の身体でいいなら……っ！」

シーラが大胆にも発言した。

身体を隠していた腕が退《ひ》かれる。

恥ずかしさからか目を閉じ、顔を背け、肌を真っ赤に染め上げている。

「ちょ、ちょっと。本気にしないでよ！　なんか私まで恥ずかしくなってくるじゃないのっ」

隣のクエナまで恥ずかしそうに苦笑いを浮かべている。

なら初めから言うなよ、と思ったが彼女なりに硬く重たい空気を壊そうとした結果だ。責めることはできない。

「で、でも金貨五枚で王国騎士団を相手取るなんて……！」

「絶対にないわね」

「ですよね……」

クエナのきっぱりとした否定にシーラがしょぼーんと肩を落とす。

「別に今すぐ払おうとするんじゃなくて出世払いとかあるでしょ。不器用ね」

「あっ」

クエナに言われてシーラが手を合わせた。

得心がいったようだ。

「それでも、おいくら払えばいいのですか？」

「うーん。どうかしら。それこそ一国の軍事力と相対するわけだし、金貨千枚は用意しないとダメなんじゃないかしら」

「えっ……じゃあ本当にもう身体で払うしか……」

シーラがうるうると瞳をうるませながら俺を見てくる。

そんな小動物みたいな顔をされては困る……。

「金貨五枚で十分だ。それで俺に依頼してくれ。『騎士団の暴走を止めてくれ』って」

「で、でもっ」

「騎士団を抜けて申し訳ないと思ったことはない」

「……え？」

「でもそれはシーラを除いた指揮官クラスの連中に対してだけだ。おまえや仲間たちには置いて行ってすまないって思っていた」

「……それって」

「ちょうど良い機会なんだよ、これが。俺にとっては金貨五枚以上の見返りがある、受けるに値する依頼なんだ」

「ジ、ジード……っ」

シーラが涙を流す。

「変なやつよねー、こいつも。普通どんな大金積まれてもこんな依頼ここまであっさり受けないわよ」

クエナが余計なことを言う。

変なやつはないだろうに。つらい。

しかし、そんなクエナの言は耳に入っていないのか、零《こぼ》れ落ちる涙を拭おうともせずにシーラが鼻声で言った。

「ありがとう……ありがとう……！　この恩はかならず……かならず返すからぁ……！」

その姿に俺は安心した。

彼女のその涙は騎士団の団員のためのものだ。指揮官クラスである自分にはなんの被害も及ばないのに流しているものだ。

優しく正義感が強い。

ほかの団員もそうだ。脱走したり反旗を翻したりすることを考えないほどバカじゃない。

それでも愚直に従っていたのは国を、家族を、友を守るためだ。

そのために騎士に志願してきたやつらなのだ。

そんなやつらが勝手な上層部の暴走で傷ついてボロボロになるなんて許せるわけがない。

だからこそこの依頼は絶対に——成功させる。

◇

シーラから正式に『依頼を受けた』状態になったのは数日経《た》ってからだった。というのも、事が事だけに内密に行う必要があり、ギルドマスターであるリフに直接話を通したからだ。

今もギルド本部の一番上の階にあるギルドマスター室にいた。そこでリフとこの依頼を受けてからの数日間で準備したことについて話をしていた。

「それで……どうしてクエナまでおるのじゃ。ジードとパーティーでも組もうとしておるのか？」

向かい合わせに置かれたソファーで対面に座るリフが言った。俺もソファーに座っているが、後ろには腕を組んだクエナが立っている。

リフに言われてクエナが慌てて首を横に振った。

「そういうわけじゃないわよ！　ただジードが放っておけないだけよ！」

「なんじゃ惚《ほ》れておるのか」

「そ、そういうわけでもないわよ！　あれよ、あれ。まだ案内役としての務めが……！

ね!?」

「『ね!?』と言われてもの。責務を持ち出したあたり、逆に私情が垣間見《かいまみ》えておる気がするわ」

「どうしてそうなるのよ！　私が惚れる理由がないじゃないのっ！」

「人を好くのに理由が必要か？　まぁ、しいて言うなら母性をくすぐられたのではないか。知らんが」

「適当なこと言うな！」

リフのイジりによってクエナの怒りが頂点に達した。

とうとう炎を纏《まと》った剣まで抜きそうになっている。

「待て待て待て、なんでもいいから話を進めさせてくれ」

「なんでもいいから!?　なんでもいいわけないじゃないの！」

「おい、リフ。謝っとけ」

「あはは〜、悪かったのじゃ。許してくれ」

リフはばつが悪そうに苦笑いをしながらクエナに謝罪した。

このままクエナが暴れたらギルドの本部が危ういと分かっているのだ。なぜここまで挑発したのかは定かではないが。まぁおそらく性格なのだろう。

「ったく……」

クエナはまだ額に血管を浮かべながらも矛を収めた。

「それで俺の依頼はどうだ?」

改めて尋ねた。

依頼。

俺が受ける側ではない。

俺がギルドに依頼したものだ。

依頼内容は二つ。

「おおう。王国が作った『奴隷の首輪』はもうすでに確保しておる。ほれ、これがそのマジックアイテムじゃ」

リフが対面のソファーとの間にあるテーブルに奴隷の首輪を載せた。

言われなければ気づけない、それほど薄く細い首輪だ。

だが、しっかりと円形を保っており、手に取ってみると意外と硬い。

首輪の内部は魔力がこもっていない。装着すると着用者の魔力が吸い取られて作動する仕組みになっているのだ。

「一応は禁止されているマジックアイテムじゃ。悪用はご法度じゃよ?」

「ああ。分かってる」

俺はそう言いながら奴隷の首輪を自分の首に装着した。

首輪は硬いが輪を広げることができる。頭から通して首まで持っていくと、緩まっていた部分が引き締まって密着する。

自然と魔力が吸われていくのが分かる。

「ちょっ、なにしてるのよ？」

クエナが慌てた様子で聞いてきた。

ああ。リフには使用用途を言わなければ依頼を受けてもらえないから話したが、クエナには言っていなかった。

「解除方法を模索するためだよ」

俺は言いながら首輪に手をあてた。

魔力の流れを見る。

ふむふむ、構造はこうなっているのか。製作図も手に入れてもらおうと思ったけど、やっぱり難解そうな図面を見るより、こっちの方が遥《はる》かに簡単だ。

やがて――解除に繋《つな》がる術式を見つけた。

そこに首輪がキャパシティーオーバーする魔力を瞬時に流し込む。

チリっと音を立て、首輪が外れた。

「よし、できた」

「おお～。やるのう！」

俺の芸にリフが拍手しながら喜んだ。

反対にクエナは頰をヒクつかせていた。

「仮にも一時代を築き上げたマジックアイテムよ……。魔法が得意な魔族でさえも捕らえていたものなのに……」

かつてはそんな時代もあったのだろう。

いつ廃止になったかとか知らないが、俺はずっと森にいたのでそんな時代は知らないから理解しようもない。

言葉を失っていたクエナが気を取り直して俺に聞いてきた。

「でもそれくらいならシーラとかいう人を助けてる時に試せばよかったじゃない。いくらでも団員はいたのに」

「いやいや、いくら細いとはいえ壊したらバレると思ったからね」

「ふーん。私はそこまで、あの騎士団の上の連中が気にかけているとは思えないけど」

まぁそういう考えもある。

けれど万全は尽くしておきたいのだ。

俺はこの依頼を絶対に達成したいと考えているから。

「それとも一つの依頼の方じゃが、方々から集まってきておるよ。予定日時までには集うじゃろう」

「ああ、助かるよ」

「ん？　方々から集まるってどういうこと？」

クエナがまた尋ねてきた。

「依頼したんじゃよ。各地にいる腕利きの冒険者にの」

「腕利き？……呼ばれてないんだけど？」

クエナが俺の肩を摑《つか》みながら、にこやかに微笑《ほほえ》んで首を傾《かし》げた。目が笑っていない。

「よさんか、嫉妬は醜いぞ」

「し、嫉妬じゃないわよっ！」

「待て、リフ。また話が乱れるからなにも言うな」

またクエナをイジろうとするリフを止める。

そして俺からクエナを呼ばなかった理由を説明した。

「クエナを呼ばなかったのは王国を拠点にしているからだ。ここで変に目を付けられたらクエナは転居を余儀なくされるだろう。巻き込みたくないんだ」

「……ん。そ、そんな心配不要よ！」

「そう、か？　それはすまなかった。依頼した方が良かったのか？」

「はっはっは。彼女なりの照れ隠しじゃよ、ジード」

「バッ……！　よ、余計なこと言うんじゃないわよ！　そ、それより方々から腕利きの冒険者を呼んだって言ったわよね。大体やろうとしていることは分かったけど、あんた一体どれくらいの金貨を使ったのよ」

「ざっと百二十金貨じゃの」

俺の代わりにリフがあっさりと告げた。

それにクエナが驚愕《きょうがく》した。

「なっ！ 依頼達成金は金貨五枚のはずでしょ!? どうしてそんな……！」

「まぁ、依頼を達成するためだからな。俺が持っている契約金と依頼達成金を全部使って間に合わせた」

「そうじゃないわよ。割に合わないって言ってるの！ なにか勘違いしていない？ 依頼を受けるのはお金を稼ぐためなのよ!?」

鬼気迫る様子でクエナが顔を近づけた。

なまじ美人なだけに俺が照れてしまう。

「ああ、それは分かっているよ。でも前にも言ったろ。俺は昔の仲間やシーラに悪いと思っているんだ」

謝罪の意味も含まれている。

そして。

「金を使ってしまってはいるけどさ、なんかやりがいを感じるんだ。団員をしていた頃よりも何倍も。だからまあ悔いはないよ」

「いや。悔いとかの話じゃなくて……なんというか仕事に対する姿勢みたいなものがおかしいわ。本当に変わってるわよ、あんた」

「ははははっ！　ジードはまったく変な奴《やつ》じゃよ！　普通の冒険者とは随分と違う考えをするんじゃな！」

クエナは呆《あき》れながら、リフは笑いながら、俺をバッシングした。

まぁそういう反応は予想通りだ。

「俺だって今後ここまでして依頼を達成しようとは思っていない。どの依頼だって絶対に達成するけどさ。――今回はそれ以上に、百以上の力を使ってでも達成したい依頼なんだ」

俺は確固たる意志で彼女たちに告げた。

第五話　百以上の力を

シーラからの騎士団救済の依頼が正式に受理されて、また数日が経《た》った。

シーラから今後の王国騎士団の活動予定を聞いていた。そしてシーラが伝えてきたとおりに騎士団は動いた。

王国騎士団が一堂に会し、すべての一般団員が奴隷の首輪を付け、神聖共和国との国境付近で陣営を作って待機していた。その数は数千――。

「戦争する気なのね」

クエナが覗《のぞ》き終わった望遠鏡を俺に手渡して言ってきた。

「ああ。シーラ曰《いわ》く、王族や文官を押し切って騎士団が独断で戦争を決めたそうだ。実質クーデターだよ」

「国に忠誠を誓っているはずの連中が国を転覆させちゃうなんて情けないったらありゃしないね」

「まぁ奴隷の首輪を装着させられてるんだ。騎士団の上の数名が反旗を翻した時点で抵抗する勢力はなくなったも同じさ」

第一、第二、第三騎士団の団員のほとんどが奴隷の首輪を装着させられている。

自らの意思や命の危険から竦《すく》むことがないように。

「でも本当にいいの？　相手は一国……それもクゼーラ王国っていう列強の一角のほぼ総戦力よ」

「分かっているさ。それに相手は元々仲間だった奴らでもある。だからこそ、無用に傷つけないために——彼らを呼んだ」

俺やクエナのさらに後ろには総勢数十名の冒険者が集まっていた。

リフに依頼した腕利きの冒険者たちだ。

しかも彼らは全員、あまり王国とは仲のよろしくない国をメインとして活動している面々だ。

「ま、ギルドとは関係のない活動って体らしいが帝国支部のギルマスからはしっかり話と金はもらってるからよ、仕事はしっかりさせてもらうぜ」

そう言ったのは体毛が濃い男だ。俺と同じ黒い髪に、大陸では一般的な茶色い目をしている。

名前はディッジ。

いつもはウェイラ帝国で活動をしているそうだ。

Aランクでかなりポイントを稼いでいる冒険者らしい。

「ええ、頼もしいです」

「Sランクのあんたに言われちゃ敵《かな》わんがな。っと、そうだ。ほれ連れてきたぞ」

ディッジがそう言いながら担いでいた騎士を俺の前に差し出した。

騎士は猿轡《さるぐつわ》と手荒く結ばれた縄で拘束されていた。

手足から血が出ている。

しかし、これはディッジが捕らえる時につけた傷跡じゃない。かといって血が出るほど縄を締め付けているわけでもない。

騎士は光のない目で抵抗しているのだ。

その結果、手足から血がにじみ出ている。

「話は聞いていたが酷《ひど》いな。俺たちを見るや否や襲ってきたぞ」

「奴隷の首輪で命じられていたんですよ。彼らも襲いたくて襲っているわけではないでしょう」

「なるほどねぇ。王国ってのはこれくらい乱れてるもんなのか」

「いいや、文官や王族の悪評はなんら聞こえてこないらしいですよ。ただ軍務関係が酷すぎると」

「なんだそりゃ。王族はなんも手出ししてないのか」

「してないわけじゃなかったらしいですが、実権を握ってるのは第一騎士団の団長だそうです。だからさっきも言ったようにクーデターなんですよ、これは」

俺はリフやシーラから聞いた話をそのまま説明しながら団員の首輪に手をあてる。

よかった。俺が着けたものと同じ型だ。

だが今回はそれだけじゃない。試しておきたいことがある。

魔力というのは手で直接触れたほうが流し込みやすい。しかし、接触していないものに魔力を流し込もうとすると難易度は上がる。

本来なら触れた状態の方が確実で、消費する魔力も抑えられる。

だが、奴隷の首輪をはめられた騎士は多数いて、いちいち触れて解除するのは時間がかかり手間もかかる。

以前、手に入れてきてもらったものは壊れたからな。一個だけだったし、こうして実戦で試すことになる。

魔法回路は同様だ。

魔力の通りも問題はない。

うん。

チリっと音を立てて首輪が外れた。

よし、近距離なら触れなくとも壊すことができた。

「すげえな。オリジナルと少し違うとはいえ奴隷の首輪なんだろ。てかこんな芸当できるなら俺たちいらねーじゃねえか」

「いやいや、広範囲で、しかも大勢に対してはまだできないと思います」

「はぁーなるほどな。そこで俺たちが時間を稼ぐわけだ」

「はい。仕事内容はそんな感じです。まぁまずは命令をしている大本の団長格を倒しますが、それは俺がやりますので」

ディッジと会話をしていると憔悴《しょうすい》した団員の瞳に光がこもり、はっきりと周囲を見渡した。そして俺を見るや否やなんらかの言葉を発している。

猿轡をしているからはっきりとは伝わらないが。

「分かっています。外しますね」

猿轡と縄を外す。

逃げ出す様子も抵抗する様子もなしによろよろと起き上がった。

「あなたはジードさん……っ」

「今の俺は騎士団を止めに来た者です。お疲れでしょう。すこし休んでいてください」

「……？　は、はい。ありがとう……ござい ま……す」

団員は言いながら秒もかけずに眠った。

よくもここまで疲弊した戦力で戦争を仕掛けようと思ったものだ。無理やり動かせるとはいえ、いずれガタが来ることも分からないのか。

まぁそのガタが来ないように俺たちが動くわけなんだがな。

「それじゃあ行きましょう。なるべく団員は傷つけず無力化してください」

「誰に言ってんのよ。任せなさい」

「おう。これくらいのやつらなら遊んでても問題ない」

意気込みは十分。

さぁ、始めよう。

◇

探知魔法を展開する。

いくつも立てられたテントの中から指揮官クラスを見つける。

「まずは余計な命令をされないように指揮官クラスを抑えます。みなさんは俺の近くにいる騎士を無力化するのではなく、駆けつけてくる応援部隊を無力化してください」

近づかれたら俺が奴隷の首輪を解除するだけだ。

魔力は遠くなれば遠くなるほど通し難《にく》くなる。

そこで依頼した冒険者たちの出番だ。冒険者たちには野営地のあちらこちらから戦闘音に釣られて応援に来るであろう騎士たちを無力化してもらう。

そうすることで俺が効率的に指揮官クラスを抑えることができる。

というわけだ。

「「「了解」」」

クエナやディッジなどの冒険者が頷《うなず》く。

それぞれ準備は整っているようだ。

「じゃあ作戦開始です」

俺の合図で一斉に飛び立つ。

予定通り、俺は一人で指揮官クラスのほうへ向かっていた。

ほかの冒険者たちも上手《うま》い具合に足止めしてくれているみたいだ。

迫りくる騎士たちの首輪を解除して無力化する。

それだけの作業をひたすら繰り返し、指揮官クラスのテントに辿《たど》り着いた。

中からは言い争う声がする。だがそれもすでに把握済みだ。

展開していた探知魔法でシーラの言い争う姿が見えていたのだ。言い争っている相手は第一騎士団団長をはじめとした指揮官クラス。

もしかすると俺が無闇に手を出さなくとも解決するかもしれない。

そう考えてテントの隙間から覗き込む。盗み見や盗み聞きの趣味はない。だが、変に手出しをするよりも身内で解決できるなら、そうさせるべきだと考えた。

「……ですから、考えを改めてください！」

シーラがランデに対して物申している。

そのランデはシーラを忌々しげに睨《にら》んでいる。その眼差《まなざ》しは――物を見るような目だった。

俺は家族からの眼差しがどんなものか知らない。

だが、ランデのあれは娘に向けていいものではないはずだ。

公私混同をするな、と指揮官によく言われていた。だが、ランデの視線は『公』でも送っちゃいけない……殺意のこもった目だ。

「奴隷の首輪を解除しろ？　神聖共和国に攻め入るな？　王族や文官に謝罪しろ？　シーラ……おまえはいつから無能になり下がった？」

無能。

そんな言葉まで出てくるか。シーラもまだ十代後半くらいのはずだ。若すぎるというわけではない。だが大人になり切れてる歳《とし》かと言われてみればそうでもないだろう。

成長の過程にある人材に対してなぜそんな罵倒が出てくるのか。たとえ仕事だとしても言ってはいけないだろ……。

ギルドでは失敗した冒険者を見てきた。

だが真っ先に怪我《けが》の有無を心配されていた。ギルドは冒険者に治癒所を無償で開放している。

その後は依頼内容を再確認し、失敗した原因を聞くだけ。

決して罵ったりはしない。『生きて帰ってきていただけただけで良かったです。次も頑張ってください』と温かい言葉をかけられる。ただ先輩冒険者に『なに失敗してんだ修業するぞ!!』と連れられて行ったが。

それでも、その言葉には愛があった。

ランデの言葉に愛はない。

「騎士育成学園を首席で卒業した自慢の娘……だと思っていたが、実戦だとこうも使えないとは。状況は目まぐるしい速度で変化していく！　その都度その都度に合わせて対応しなければいけないのだ！」

「禁止されたマジックアイテムを使ってでもですか!?」

「そうだ」

「不要に人を傷つけてもですか!?」

「不要ではない。必要な犠牲だ」

「あれは不要です！　なぜ神聖共和国を攻めたのですか！」

「王国に対して不審な動きがあったからだ」

「同盟国ですよ!?　ただ国境付近で神聖共和国の騎士団が動いたからといって確認もせず敵対行動と受け取るなんて……！　本当は自分たちの領地が欲しくなっただけなのでしょ

う!?」

うわあ。

すごいカミングアウトを聞いている気がする。

もしもシーラの言うとおりなら騎士を道具として私的に消費していることになる。自らの富のために。

「……シーラ。貴様の体たらくは目に余る」

「なっ!?」

ランデやバランを始めとした面々がシーラに剣を向けた。全員の顔つきは芳しくない。脅しなどではない。

本気でシーラを始末しようとしている。

もう出てもいい。シーラを助けに行こう。そう思った。

だが――シーラは剣を抜いていない。

まだ説得する気なのだ。あの絶望的に人を人とも思っていない連中を。

「なぜですか……！　幼い頃に向けてくれた笑みは嘘《うそ》だったのですか！　お父様！」

「笑み……？　ああ、それなら貴様がしっかり『人と物の区別』ができると思っていたからだよ」

「――――っ」

シーラの顔が絶望色に染まる。

今まで見てきたものが幻想であったかと足を震わせる。

もう力が出ないと膝をついた。

もはや剣を握る心さえも砕けてしまっている――……。

「――もういい」

シーラの前に出る。

後ろにいるからシーラの顔は窺えないが、驚いたようにビクッと身を震わせたのは分かる。心底怯《おび》えている。

自分の奥歯がぎりっと鈍い音を出したのが分かる。

なぜシーラの説得を隠れて見ていたのだろうな。分かっていたことじゃないか。俺の目の前で、たった一人の女の子に集団で剣を向けている連中が――とっくに腐っていたことくらい。

「ジ――――」

バランが俺の名前を口にしようとする。当然の反応だ。真っ先に反応したのは神聖共和国で俺と会っていて記憶に新しいからだろう。

不快だ。そう思った。

「――もう喋《しゃべ》るな。ゾンビのような腐臭が漂って仕方がない」

バランに拳をぶつける。魔法なんて不要だ。テントを破り勢いよく飛んでいく。

他の連中は突然現れた俺に仰天して立ち尽くしている。

「な、なにを」

「喋るなと言っているだろう」

性懲りもなく口を開いた指揮官クラスであろう男を地面に蹴りつける。名前は忘れた。もう思い出す必要もない。地面がひび割れている。

軽く全員を見回す。誰もが口を強く閉じていた。万が一にも声を出さないために。

「ああ、それでいい。もう一生口を開くな」

誰もなにも発しようとはしない。

二人の前例を見たから、なまじ口を開こうとしても本能が閉ざすのだろう。顔を青ざめさせながら剣先も地面に向けて戦闘意欲をなくしている。

ただ一人を除いて。

「ジィィーード!!」

陣営中に響き渡るほど声を張り上げるランデ。

「――黙れと言っているだろうが」

さきほど地面に叩《たた》きつけた指揮官の剣を拾い、柄《つか》の部分をランデの口元に放り込む。

歯と柄が当たる鈍い音が響く。剣はそのまま地面に落ちた。ランデの口から大量の血がこぼれ出す。

それでも「ふがふがっ！」と睨みつけてきたので胸元から蹴り倒して地面に転ばせた。

「おまえ、どうして俺がここに来られたか分かっているのか？」

「な、なぃ……？」

「喋るなと言っているだろうが」

「ぐがっ！」

まだ開かれる口を足で閉ざす。

理不尽だろ、そんな目で見てくるが手を出そうとはしない指揮官の連中を一瞥《いちべつ》する。全員がさっと目を逸《そ》らした。

「ここに来るまで、おまえらが俺に気づけなかったのはどうしてか分かるか？」

改めて俺は問うが、誰もが答えを導き出せないようで怯えたまま『？』と首を傾《かし》げていた。

「これ見りゃ分かるか？」

俺は言いながらポケットから首輪を取り出す。

それは解除した団員から拝借した『奴隷の首輪』だった。

「これさえ外せば誰もおまえらに報告なんかしようとしないからだ。俺と争おうと思わないからだ」

奴隷の首輪を地面に落として踏みつける。

「「「!?」」」

指揮官クラスの顔が死人のように青白くなる。

だがどよめき立つことはない。俺が言葉を封じているからだ。

まるで道化が無言演技をしているみたいだ。まったく笑えないが。

「俺から制裁を下すなんて傲慢なことはしない。俺が受けた依頼は『騎士団を救う』ことだからだ。だからこうしている間にも探知魔法と魔力の遠隔操作で——団員たちの首輪を解除していっている」

今ようやく装着させられている団員たちの半分が終わったくらいだろうか。数を絞って時間さえかければ、首輪を見なくても外すことはできる。

「彼らのほとんどは疲れて倒れこんでいるようだ。だが違う連中もいるみたいだ」

探知魔法によって、このテントに騎士団の、ほんの『一部』にすぎない数百名が結集してきている。

そしてようやく一人目がたどり着いた。

「仲間を……一緒に村を出て国を守ろうと誓った友を……返せ!!」

そいつの身体《からだ》はボロボロだった。外傷もそうだが、体の一部は魔力が通っていない。おそらく壊死《えし》でもしているのだろう。

しかし彼が真っ先に口にした恨み節は友のことだった。

続いて入ってきた騎士は首にかかった壊れかけのネックレスを握っていた。

「母の……母の死に目にすら会わせてくれなかった……！　どうして……！　この国と同じくらい守りたかった家族を……！」

続々と。

個々の恨みを持って。

次第に集まりだしていく。

彼ら全員は抜いた剣に精一杯の力をこめていた。

ここからは指揮官クラスが罰を受けるだけだ。

自らが積み重ねた罪の重さを知る時だ。

「立てるか、シーラ」

膝をついたまま動かないシーラに手を差し伸べる。

シーラの目は赤くなっている。ワイバーンの一件で会った時より弱々しく疲れ切った顔をしている。

こんな状態の女の子をランデ達《たち》はボロクソに言ったのか。

「ジー……ド……私……知らなかった……お父様たちは、本当は心の底で国のためを想《おも》ってるって……そう思ってた……」

俺の手を取る力もなく顔を伏せたシーラが言う。

ああ、分かっている。

だからどれほど絶望したのかも理解しているつもりだ。それでも俺には、実の親の悪行を知ったシーラの気持ちを測ることはできないが。

でも、この場にいることで彼女は罪の意識に苛《さいな》まれるだろう。これ以上は追い詰めるだけだ。

「――行こう、シーラ」

「……ジード……っ」

涙を流しながら、俺の方を見た。

シーラが手を取る。手に力がこもるが立ち上がれないようだ。

俺のほうで軽く、引っ張りすぎないよう力を入れる。

立ち上がるとよれよれのまま倒れそうになるシーラを支えた。

「ま、まで……ジぃーラ……たづけろ……！」

次々と迫る騎士たちに震え慄《おのの》きながらランデが助けを求めてくる。

それを虚《うつ》ろな目で見たシーラが……顔を逸らした。

シーラは、もう関わりたくもないのだと俺は理解した。

代わりに。

「喋るなと言ったろ。これ以上、彼らの神経を逆なでするようなことはしないほうがいい。……てか、これだけ弱ってる団員たちにビビるなよ。団長サンたちはみんな『英雄』くらいすごい功績を持っているんだろ？」

「……ぁ……あぁあああ……アァァァァァアッっ！」

言っただろうに。神経を逆撫《さかな》でするなと。

ランデの絶叫が始まりとなった。剣を握った団員たちが一斉に斬りかかる。シーラを支えながらテントから出る頃には絶叫は悲鳴へと変わっていた。

ランデやバランに敵として相対して分かったことがある。

騎士団長クラスはそれなりの実力者だが、百体のドラゴンを倒したり、帝国の軍勢を一人で抑えたりするほどの力はない。

恐らく印象を操作していたのだろう。部下を支配するために実力を誇大に言いふらしているだけ。一般の団員が束になってかかれば、十分に勝てるはずだ。

――探知魔法で指揮官クラスの魔力が消えていくのが分かった。遠くに飛んでいったバランはもうとっくに――。

だが、そのことを今のシーラは知るべきではない。

かといってシーラが察していないわけでもないだろう。

今はただ『騎士団の救済』――その結末を見届けるだけだ。

◇

もっと賢い人ならば、こんな救済方法を選ばなかっただろう。

もっと善良な人ならば、全員が救われる方法を考えただろう。

もっと夢と希望に満ちた物語なら、そもそもこんな騎士団は生まれなかっただろう。

しかし、俺は俺だ。

生まれて五年して物心ついた時には親が死ぬところを見せられて、滅多なことでは凄腕《すごうで》の冒険者さえも近寄らない森に放置され、ようやく脱出できたと思えば酷使された。

常識や言葉は団員との会話でしか学べない。剣術や魔法なんてものはすべて独学だ。教科書を見ればまったく違う記述もあるだろう。

まともじゃないからこうなった。

ギルドマスター室。――内密に実行された依頼達成の話をしにきたのだが。

「王国は転換期を迎えたらしいの」

リフが菓子を摘《つ》まみながらそう言った。

言葉の通りだ。

王国騎士団は事実上の崩壊を迎えた。これが俺の『救済』だった。

指揮官以上の者達は内乱によって死亡、もしくはクーデターを引き起こそうとした罪により死罪となった。

団員の九割は騎士団から脱退し、故郷に戻ったり、冒険者となったり、傭兵《ようへい》となったり、手に職をつけたり、と騎士とは関係のない方面へと進んでいった。

残り一割はあんな惨劇があったにも拘らず騎士団を再建しようと今も奔走しているそうだ。

だが、こうも弱体化してしまったのだ。

当然――王国の領土は他国や他種族に三割も侵食された。いや、むしろ三割で済んでよかったと言えるレベルだ。

『ここまで騎士団が腐ったのは管理不行き届きだ』とバッシングを受けた王や文官は世代交代し、彼らの財のほとんどを投げ打って冒険者や傭兵を雇い、侵略を防いだ。

「これもどっかの誰かさんが思いっきり暴れちゃったせいね」

「ま、まだ抑えていた方なんだが……」

クエナに言われて余計にしょげる。

俺だって願わくば平和的に解決したかったさ……指揮官達に反省してほしかったさ……。

もっと器用ならって思うこともあるよ……。

「ジード」

この部屋にはシーラもいた。

彼女もまた――騎士団を抜けていた。

原因は分かっている。騎士団には悪い思い出しかない。残っていてはシーラ自身が壊れてしまう。

無責任だ、と無責任なやつなら誹《そし》るかもしれない。

だが彼女は彼女なりに責務を果たそうとした。その結果として俺が騎士団を崩壊させた。彼女の思い描いていた理想を砕いてしまった。

つまり悪いのは俺だ。

責めるなら俺を責めろ。だが俺は依頼をまっとうしたつもりだ。

「シーラ――おまえは俺を責めても――」

「しょげないで。おっぱい揉《も》んでいいから」

もにゅ、っと俺の手を握って自らのふくよかな胸部に――。

「――え、なにやってるのシーラ！　俺の手が！　俺の手がおまえの胸に！」

「うん。だって私はあなたのものだから」

「い、い、いやいやいや！　だからその話は別にいいからって……！」

王国騎士団を辞め、シーラは忠誠を捧《ささ》げる対象がなくなってしまった。

そんな折だった。

クエナが奴隷の首輪の確保をギルドに大金——俺の全財産——を払って依頼したと告げてしまったのは。

それからシーラは「私が忠誠を誓う人を……見つけた……！　一度は王国に忠誠を誓い、守りきれなかったけど……ダメだったけど今度こそは成し遂げるから……私をあなたの騎士にして！」と俺に言い——このありさまだ。

「ジードは……私が騎士じゃイヤ……？　守りきれなかった私が騎士じゃ……いや……？」

うるうると上目遣いでシーラが俺を見る。

……くっ！　だ、ダメだ……！

こんな美少女（巨乳）に見つめられると心臓が跳ね上がる……！

待て。手の感触から心臓の鼓動が……これは……シーラの…………こいつもめっちゃドキドキしとるやないかいっ！　手慣れてないならやるなよ!!

ってか！　てか！

ば、ばばば、ばか俺なに手の感触に全神経集中させているんだ落ち着けっ！

そうだ、とりあえず一回揉んで考え——。

——ボっ。

俺の首元にものすごい火力の炎をまとった剣が……。

「ク、クエナ……？」

「ダメよ！　ジードは私のおっぱいを揉みたがってるのーー！」

「手を離せって言ってるでしょうがぁ！　ジーーードーーーっ!!」

で死ぬかもしれません。

俺は死ぬ思いで森を生き抜き、死ぬ思いで騎士団を生き抜き、そしてついに——ギルド
あなた達《たち》が森に俺を置いて行った結果。

お母さん。

お父さん、

「おまえ楽しんでるだろっ！　止めてくれ！」

かべている。

リフが肘をつきながらこちらを見ている。ただ言葉とは裏腹に、にっこにこの笑みを浮
「おーい。イチャイチャなら自宅でやらんか若造ども」

ナの剣の炎がどんどん勢いを増していくんだが！　あちぃっ！」

「シーラ!?　話がこじれるからやめてくれ！　というかおまえが言葉を発するたびにクエ
依頼金も満足に渡せないし……だから私がこれから一生尽くすの！」

「ダメよ！　ジードはしょげていたもの。これもすべて私が負担かけてしまったから……。

「あ、あれ。おまえそんなキャラだっけ!?」

「その手を離しなさい。汚らわしい……」

「くはははははっ！　い、いちゃつくなら、自宅でのっ！　くぷぷぷう……！」

第二章

勇者試験はちょっと黒い

The Slave of the "Black Knights" is
Recruited by the "White Adventurer's Guild"
as a S Rank Adventurer

第一話　帝国

冒険者カードに新しい機能が追加された。

それは『大陸中で起こった出来事をニュースとして伝える』というものだった。中には画像や動画付きの記事もあり便利なものだ。

俺はあまり大陸のことを知らない。いくつかの種族や国があることは元同僚から聞いていたが、地図を描けと言われればクゼーラ王国と近隣の国々を断片的に描くことしかできない。

そんな俺だからこそ、カードに更新されるニュースは楽しみの一つになっていた。

今日はリフに呼ばれてギルドマスター室まで俺とクエナとシーラで来ていたのに、肝心のリフがいなかった。

というわけでカードを見ていると。

「お、新しい記事が更新されてる。なになに、ウェイラ帝国に新しく女帝が就任……ほうほう」

どうやらウェイラ帝国という国の新しい長が決まったようだ。

それも女性らしい。おめでたいことだ。

「へぇ、ウェイラ帝国に新しい女帝が就いたんだ。元々なんか争ってた覚えあるけど」

シーラが俺の冒険者カードを覗《のぞ》き込む。

ソファーに座っている俺の後ろに立っている形だ。

「おう、そのこともなんか書いてるな。お、女帝さんのご尊顔も載ってるぞ。赤い髪に赤い瞳……あれ、なんかクエナに似てない？」

「あら。ほんとね」

興味なさげに対面のソファーに座っているクエナがカップに注がれた紅茶を飲む。

記事を見た後だと本物の女帝のような品格がある気がしてきた。

「人なんてごまんといるんだから誰かと似ててもおかしくはないでしょ」

俺たちの話を聞いていたようで、クエナがどうでもよさそうに返した。

まぁそうに違いない。

第一、クゼーラ王国とウェイラ帝国はあまり仲がよろしくない。

もしも新しい女帝さんとやらの関係者ならまずこの場所にいないだろう。なんらかの事情がない限り。

そんなこんなの話をしているとバーンっと扉が開かれた。

「すまんの、いろいろあって遅れてしもうた！」

膝近くまで伸びた紫色の髪を揺らしながら、この部屋の主である幼女が入ってきた。

ギルドマスター・リフだ。

「遅いわよ。それでこの三人に指名依頼ってなによ」

クエナがむっとしながらリフに聞いた。

「うむ。まぁ三人というよりは王都で実力が別格に高いとわらわが認めた者たち、じゃな。指名依頼を受けてもらおうと思っておるのじゃ」

「了解した。それで依頼はなんだ？」

「あんたはなんで了解が早いのよ……せめて依頼内容を確認してから引き受けなさい」

クエナが額を押さえながら言った。

シーラがクエナに向かってムッと頬を膨らませた。

「ジードが失敗したら私が補うから大丈夫よ！」

「誰も失敗するなんて言ってないわよ。ジードが失敗する姿なんて想像できないし。ただ依頼だからってなんでもかんでも受ける必要はないって言っているの」

「はっはっは。まあ噂《うわさ》にはなっておるからのお～」

クエナの言葉にリフが反応する。

「噂？　なんだ、それ」

気になって聞いてみた。

噂を立てられるようなことをした覚えはないのだが。

「誰も引き受けぬ依頼を受けたりしておるじゃろ？」

「ああ。受けているぞ。適当に依頼をばかすこ取ってたら怒られたからな。残る傾向にある依頼を計画的にちょくちょく取っている感じだ」

「Fランク向けの下水道の紛失物探しとかもそうじゃろ？」

「そうだ。だって誰も引き受けたがらないんだろ？」

俺の問いにリフが『やれやれ』と肩をすくめた。幼女がそれをやると腹が立つ半分可愛《かわい》い半分だ。

「Sランクのお主が引き受けているとどうなると思う？」

「…………あ。ギルドの箔《はく》が落ちる？」

「まぁの」

ようやく理解して心にナイフが刺さったような衝撃を覚える。思わずウっと口にしてしまった。

そうか。

俺が下のランクの依頼を受けるとギルドに仕事がないように思われるのか。

なんだか申し訳ないことをした。

「しかし、その反面じゃ。そういった細々とした依頼でも助かった依頼主がいることに変わりない。不人気な依頼をこなすから受付嬢や下のランクの冒険者、下町の人からの株も上がっておるぞ」

「私の株は上限突破しているわよ！」

「誰もシーラの話なんてしてないわよ」

シーラがここぞとばかりに横から割り入る。

それにクエナが冷静なツッコミを入れた。

「おっと。話がズレたの。それで三人には指名依頼を受けてもらいたいのじゃ」

「パーティーで受ける依頼なの？」

クエナが間髪容れずに問う。

それにリフが若干の間を置いて、にやりと不敵に笑ってみせた。

「まぁ、お主はいろいろと察しが付いておるのじゃろう。——お主らには個人で受けてもらいたいのじゃ」

「え、個人で？　ジードと一緒に仕事できると思ったのに……」

シーラが目を点にする。

「うーむ。クエナは同じ場所で依頼を遂行してもらうのじゃが、シーラは別の依頼を受けてもらうことになるの——……」

「なっ、なぜ！　なぜクエナが！」

「ふふん、なぜでしょうね——」

シーラがめちゃくちゃ悔しがっている。

その姿を見てクエナもめちゃくちゃ勝ち誇った笑みを浮かべている。

なんの争いだ。

「いやです！　クエナと交代です！　ジードと同じ場所にいたいです！」

「そうはいってもシーラはギルドには珍しい騎士タイプ……いや。今回の依頼を受けるに相応《ふさわ》しいのじゃ」

「いーやーでーすー！」

「むー」

駄々をこねるシーラにリフが手こずっている。

だが、ピーンっと良いことを思いついたようで、

「もしも今回の依頼を順当にこなしていけばジードと今後一緒にいることが増えるのじゃ」

「なんですとっ!?　それはぜひ受けたいです！　さっそく内容を！」

「単純ね」

「扱いやすくて便利なのじゃ」

そして、ようやく依頼の説明が始まった。

◇

依頼は二つ。

一つは俺とクエナに向けられたものだった。

『王国にある地下ダンジョンの最深部に存在する書物の確保』というものだ。それならパーティーで受けたほうがいいのでは、と尋ねたが「いや、依頼は一人でクリアすることが条件に含まれておる」と言われたのでクエナとは別に最深部を目指すことになるだろう。

なぜ一人でないとダメなのか、までは聞けなかった。

地下ダンジョンでは寝泊まりするらしく、用意をするよう言われた。といっても俺はなにもなくても一年は過ごせるので問題ない。水浴びさえできれば清潔不潔どうでもいいし。

もう一つはシーラの方だ。同じく戦闘の必要性がある依頼だが系統は違って新しく王国の宰相になった女性の護衛らしい。

バラバラの依頼なのに三人まとめて呼び出した点といい、なにかがおかしい気がした。

まぁしかし、違和感があっても依頼を受けないなんてことはない。

俺は依頼内容を聞いた三日後に、目的の地下ダンジョンがある森に着いた。

森にはすでに数十人の強そうな男女が到着していた。

各地から集められた実力のある冒険者だそうだ。俺やクエナは王都から。ほかは帝国やら共和国やらから来ている。

その中にローブで身を包んだ男がいた。

リフから話は聞いている。『依頼人』の男がいると。彼がきっとそうなのだろう。

「時間が来ました。それでは依頼内容を説明させていただきます」

男の言葉に誰もが一様に耳を傾けた。

依頼内容はリフから予《あらかじ》め聞かされていた通りだった。それがさらに詳細になったくらいか。

今から俺たちが進む地下ダンジョンは、総延長が把握しきれていないほど長く深い洞窟とのこと。独自の生態系が育まれており、深い場所では新種の土竜が発見されているほどだそうだ。

そんなダンジョンの最深部になにがあるのか。

伝承では『魔法書』があり、それは歴代で特に魔法に優れていた魔王が生前に自身のすべてを記した遺物。

信憑性《しんぴょうせい》はかなり高いらしく、書物の外見や色なども口頭で説明された。

そして、依頼が達成された時点で全員に報酬として『最低保証金額』が払われるとのことだった。もちろん依頼達成者には倍以上の金が渡されるわけだが。

これだと怠ける者もいるのではないだろうか、と思ったが周りはなぜかやる気に溢《あふ》れている。

俺の隣にいるクエナも熱心に依頼人の説明を聞いていた。

説明が終わると依頼人の男が「それではよろしくお願いします」と言った。

依頼開始ということだろう。

さて、なんか裏がありそうなこの依頼。神妙な顔つきのクエナに事情を聞こうと思った矢先……。

「おい！　おまえ！」

「ん？」

刺々《とげとげ》しい声が俺にかけられた。

振り返って声の主を確認すると、金髪に碧眼《へきがん》の正統派のイケメンがいた。明らかに敵視する目つきで俺の方を見ている。

「噂は聞いているぞ！　ジードっていう飛び級でSランクになった男だな」

「ああ。それは俺で間違いない。どうした？」

「俺のことは知っているだろう。おそらくこの依頼ではライバルとなるだろうから声をかけた。おまえには負けないからな！」

俺のことを知っている……？

ふむ……。

まったく見たことないのだが。外見的にも噂すらも耳には届いていないのだが。

俺はきょとんとした顔つきでもしていたのだろう。

青年が頬をひくつかせた。

「ま、まさかこの俺を知らないのか!?」

「すまん」

「ふ、ふ、ふ……ふざけるな！　俺はウィーグ・スティルビーツだ！　名前くらいは聞いたことがあるだろう！」

「……ふむ？」

「『まったく聞いたことない』って顔するな！　さすがに無知すぎやしないか!?」

元気な青年が続けて言う。

「俺はスティルビーツ王国の第一王子にして弱冠十八歳ながらAランクの冒険者となった『閃斬《せんざん》』のウィーグだ！　覚えておけ！」

「ああ、よろしく。俺はジードだ」

なるほど。

あまり詳しい事情は知らないが、とにかくすごい人なのだろう。

まだ大陸のことを勉強中なのが申し訳ない。

「いや、ノリが軽すぎるんだよ！　ああ、もういい！　俺は先に最深部へ行く！　ランクはおまえの方が上だが、俺の真の実力と女神さまに愛されているのはどちらかを教えてやる！」

そう言いながらウィーグは地下ダンジョンの最深部を目指して走っていった。

さて。ようやくクエナに本題を聞ける。

とクエナのほうを振り向くと、なぜか踵《きびす》を返して帰路につこうとしていた。

「あっ。おい、クエナ。この依頼の本当の目的ってなにか分かってるんだろ？　教えてくれないか」

「説明すると長くなるわ。それに、ジードは興味がないものだと思うし」

随分と意味深な物言いだ。

表情もなにか考え事をしているように見える。

「帰るのか？」

「ええ。どうせこの依頼じゃジードには勝てないわ。……それなら別の依頼で通過しないといけないし」

後半部分はぼそぼそと自分に言い聞かせているようだった。

それ以上、俺からなにか声をかけることはなかった。

勝てないか。

まぁ、それは冷静な分析だ。

俺は探知魔法ですでに最深部を把握していた。

この地下ダンジョンはかなり深い。入り組んだ場所や、魔物も存在し、攻略に三日以上はかかるだろう。

もし俺が地形を無視し、壁や床を壊して通路を造りながら進んでも半日はかかるかもしれない。

だが。

「転移」

使用者が少ないという、この魔法を使えば一瞬だった。

目視できなくとも探知魔法で転移先の状況・状態の確認さえできれば俺はどこにでも行ける。

そして辿《たど》り着いたのは――薄暗い部屋だった。

◇

膨大な魔力を内包するタイマツを模したマジックアイテム。形は本物と似ているし炎の出方も同じだ。

だが、肝心なのはマジックアイテムという点だ。

タイマツという存在とは本質的に違い、このマジックアイテムは水の中に入れても燃え続ける。

しかも長い期間、魔力という燃料さえあれば絶えず光を生み出し続けることができる。

長らく人が立ち入ってないであろうこの部屋で、未《いま》だに燃えているのはその証明になるはずだ。

まあそんなマジックアイテムよりも、だ。お目当ての書物があった。

禍々《まがまが》しい黒いオーラを放ちながら祭壇のような場所に安置されていた。

「これか」

手に取る。

重くはないが軽いわけでもない。

ページ数も中指一本分くらいはあるだろうか。

派手な装飾はない。

黒色を基調とした外見に、表紙には小難しそうな白色の文字が並んでいる。

ひとまずこれで依頼は完了だろう。

そう思っていた。

――刹那。書物が飾られていた祭壇を中心に魔法陣がいくつも展開されたことに気づいた。

それは常時発動している探知魔法が地下ダンジョンを揺らすほどの魔力量を検知するほどだ。

祭壇に文字が浮かび上がる。

『力を欲する者に最後の試練を与えん』

これを見ただけで理解できる者は少ないだろう。

だが探知魔法を展開している俺はハッキリと認識していた。――地下ダンジョン全体で魔物が異常とも言える速度で増えだしている。

「驚いたな。まったく気づかなかった」

思わず考えていたことを口にした。

本来ならこういう設置された魔法式には微弱であれ魔力が通っているものだ。原理はマジックアイテムと似ている。だが、これには魔力が通っていないどころか残滓《ざんし》すら感じられなかった。

おそらく一度も使用したことがないのだろう。

この最深部に人が来たことも――この魔法式が本当に成功するかどうかを試すことも。

圧倒的な自信の表れ。実力の表れとも言えるか。それに足る力を持っていたのだろう。

この書物を記した魔王は。

ひとまず。

起点となる魔法式をピシっと凍らせた。

しかし、それだけではすでに発動している魔法式は止まらない。

「転移」

魔物が増え続けている。

このままだと地下ダンジョンにいる冒険者達《たち》と魔物を区別できなくなる。その前に、

「うおっ、誰だあんた！　いや。それよりも早く逃げろ！　なんかやべーぞ！」

「ほい、転移」

一人目だ。

巨大な斧《おの》を持った三十代くらいの男を地上に戻す。

自分はダンジョンにいたまま。

次。

「ぬお！　新手の魔物かと思っ……」

「転移」

三人目。

四人目。

五人目。

二十を超えた辺りから数えていない。

だが、残り一人になるまで来た。

もうダンジョンの下の層は魔物で満ち溢《あふ》れている。

転移した先には金髪のイケメンがいた。

誰だったか。なんかすごい人だったはずだ。

そいつがいた。

「じ、ジード！　なにをやっている！　相当まずいことになっているから早く退《ひ》くぞ！」

「転移」

「ぬおっ」

これが最後だ。

これで全員だ。

この地下ダンジョンには膨大な数の魔物と俺しかいない。

魔力を足元に集中させる。

――かつて俺がいた禁忌《きんき》の森底《しんてい》では氷雪を操る魔物がいた。

それには俺の食糧となるはずの魔物たちまで凍らされて苦労させられた。

だが今ではその魔物の魔法は――。

「弐式――【冷獄】」

――俺も使えるものとなっている。

俺を起点として地面がピシピシと軋《きし》むような音を立てて凍っていく。凍る速度はおよそ犬猫が全力で走るくらいか。

この入り組んだ地下ダンジョンで、生きているかのように氷が蠢《うごめ》く。

出現したのは強力な魔物たちだ。下に行けば行くほどランクが上がっていく。おそらくSがつく魔物も二桁はいるだろう。

それらすべてを退治するってわけにもいかない。

ここは仮にもダンジョンだ。

地下の秘宝がすべて取られていても仕方ないが、魔物までいなければ価値が失われる。魔物討伐だけで生計を立てている人だっているのだ。

「うし、こんなもんだな」

あらかたの処理を終えた。

稼働した魔法式を凍らせて機能不全にし、生まれ落ちた魔物の九割を氷像にした。

ダンジョン中に行き渡った魔法への魔力供給を解除する。

ぱりんっとガラスが割れるような音がして、凍結したすべてが塵《ちり》のごとく消え去る。

これで自分のケツは拭けただろう。

「転移」

今度は俺自身をこのダンジョンから転移させる。

代わり映えしない森に戻ってきた。

周囲の反応は唖然《あぜん》とする者、焦っている者、俺の姿に気づいて驚愕《きょうがく》を隠そうとしない者と分かれていた。

そして、どこか憎らしいといった顔をしている依頼者も。

「これ。依頼されていた書物です」

書物と同時に依頼書も渡す。

依頼人が依頼書と書物を確認した。

「ジードな、ふん。……ああ。たしかに受け取った。依頼達成金だ」

俺が手渡した書物を荒っぽく奪うように取り、反対に金のつまった麻袋を俺の方に放り投げる。

「依頼達成の証《あかし》である書類は？」

「そんなものはこちらで通す。失《う》せろ」

「そうですか」

なにかしただろうか。

こんな態度をされる謂《いわ》れはないのだが。

依頼達成金の確認をするため麻袋を開ける。

「ちっ。おい、なに開けてんだよ」

最初とは打って変わって随分と口調が荒々しい。

「確認しようとしていただけですが」

「俺を信用できねーってのか!?」

「ギルドを介してますので信用はしています。ただギルドからは確認するのも手順の一つと教わっています」

パッと中を開けると金貨が入っていた。

一枚一枚数える……。

足りない。

それも十枚は足りない。予定されていた額よりも大幅に少ない。

明らかに誤差の範囲ではない。

「足りませんが?」

「ああ? 俺が確認した時にはたしかにあったはずだ。おまえが盗んだんだろ」

いやいやいや。

「いま受け取ったばかりなのにパッと盗めるわけがないでしょう」

実際、こういうこともある。

だからギルドが仲介役として先に依頼達成金を受け取っておく場合があるのだ。

しかし、例外として信頼に足る者——たとえばギルドを介して十回以上の依頼をした者や組織――は冒険者に金貨を直《ちょく》で渡す場合もある。ギルドの仲介料はまた別の日に納める、ということもできる。

それは今回のような多数指名、あるいはギルドに直接赴いて金を預ける時間がない場合に用いられる。

「あのなぁ！　俺は『勇者協会』の神官だぞ!?　どこの馬の骨とも分からん輩《やから》に渡す金などないのだ！　本来ならこの依頼は位の高い者、出自が明確な者が受け取るべきだ！　こんなことで試験が通るとでも思っているのか!!」

依頼人が俺に怒鳴りつける。

勇者協会。神官。位の高い者。試験。

いろいろと知らない単語が出てきた。ここにクエナがいたら話をまとめてくれるのだろうが、依頼金も受け取らないままですでに帰ってしまった。

「そもそもだ！　この依頼は三日以上はかかってしまうはずのもの！　おまえ最初から不正をして抜け道かなにかを事前に調べていたのだろう!?　そんな卑怯《ひきょうもの》者に渡すつもりは……！」

「そこまでにしておけ、バイリアス・マッデン」

「うっ、ウィーグ様！」

っと。ここでウィーグが俺と依頼人の間に入ってきた。そうだ、こいつはスティルビーツ王国とかいう国の王子様。ようはバイリアスが言う位の高い者ってやつだ。

「私にはジードがなにか不正を行ったようには見えなかった。ダンジョン攻略も、報酬の受け取りも。これ以上は貴方《あなた》や勇者協会の風格にも泥を塗る羽目になるだろう」

おお。

こいつも最初と打って変わって気品ある物言いになっている。

なぜ最初からこれが出なかったのだろう。どっちが素なのだろう。

どちらにせよ、良く言ってくれたぞ。

まぁ気になる点はいくつもいくつも湧いて出るが、依頼人のバイリアスが懐から別の麻袋を出した。

「……申し訳ない。そういえばこちらも足しての金額でした」

おそらく俺がダンジョンに残った最後の一人だと判明した時点で依頼を達成した者に渡す麻袋の金貨を抜いたのだろう。

それほどまでに俺がこの依頼を達成することに納得がいかなかった、と。

まぁ円満に済むなら細かいことは突《つつ》かないでおこう。

「ありがとうございます。ウィーグも、ありがとう」

「お、おう！　あの【光星の聖女】ソリアが認めた男……俺のライバルだからな！」

なんだか張り切った様子で言ってきた。

ライバルって何のことかと思ったが、まぁ大体話の内容が見えてきた。

正直、興味ないが。

ちゃちゃっと帰ろう。

「転移」

今日の何回目かの転移をして、泊まっている宿に戻った。

第二話　依頼の本質

魔法書探索の依頼を達成してからしばらく経《た》った。

また俺に依頼が来たとギルドマスター室に呼ばれた。

クエナやシーラも同じタイミングで呼ばれたようだった。

「ジードとシーラは一回目でのクリアじゃったな。クエナも二回目にはクリアしておったか。まぁ、自覚のない者もいるじゃろうが実は前に受けてもらった指名依頼はこういうことなのじゃ」

言いながらリフが依頼書を三枚、机に載せた。

それぞれ受け取る。

今度は依頼人ではなく、依頼組織欄に堂々と『勇者協会』と書かれていた。

「ま、そうよね」

クエナが隣で知っていたと言わんばかりの口調で依頼書を見た。

俺も薄々は勘付いていたが、シーラは頭上に『?』マークを浮かべていた。

「ジード、クエナ、シーラ。お主らは正式に次期勇者パーティーの候補としてクゼーラ王国のギルド本部の代表に選出されることになった。ジードとクエナは適性が勇者、シーラは騎士じゃな」

「「おおー」」

シーラと声がそろう。

勇者パーティー。

話くらいなら聞いたことがある。かつては魔王と戦う人族の代表的な存在だったらしい。

魔族との争いが沈静化した今も人族の希望として各国から集められている、と。

しかし、疑問が浮かんだ。

「勇者って女神の神託で選ばれるという話じゃないのか？」

「ああ。ジードは詳しくないのじゃったか。勇者の選ばれ方は幾つかある」

リフから説明を受けた。

一つ目は俺の言ったような女神から神託を受けて選ばれる場合。

だが、これには条件があり、魔族側に『大陸支配』など攻撃的な目的を持った魔王が生まれた場合にのみ神託が下されるとのことだった。

今も小競り合いくらいなら起きているが、戦争するほどではないのであり得ないそうだ。

二つ目は今回のように勇者協会と呼ばれる組織が勇者パーティーのメンバーを選定する場合。

これはギルドや騎士団、傭兵《ようへい》部隊といった各組織から募るそうだ。

選定基準は協会によって秘匿されている。

本来の形式である女神からではなくとも協会から選ばれるだけで光栄なことであり、勇者は憧れの的にして人族の希望となっているそうな。

各組織の代表の決め方としては、たとえばギルドでは難易度の高い依頼を遂行してもらい、成功した者から順に候補となるそうだ。

俺やシーラが一回目、クエナが二回目というのは、依頼を何回目で成功させたのか、という数だ。みんな好戦績だ。

他国のギルドだから呼ばれていないがウィーグはどうなったのだろう。

「でもさ、それって結局、女神が選んでいないなら偽者ってことじゃないのか？」

「うむ。正式ではない。それでも選りすぐりの強さと心を持っている者が選ばれるから勇者として人族内では祭り上げられておる。不敬だという反対派も少なくはないが」

「ようは景気づけのお飾りってわけか」

「味気ないことを言ってしまえばの。実際、盛り上がるのは人族だけで、女神さまから選ばれてはおらんから他種族から特別な援助があるというわけでもないからの」

「女神から選ばれれば他種族から援助貰《もら》えたりするのか？」

「勇者パーティーに助けられた種族もおるでな」

「へぇー。なるほどな」

結局はあくまでも偽者ってわけだ。

ただ勇者に選ばれると知名度も上がるし、人族内では利益があると。

だから勇者候補選抜の依頼を受ける時は内緒なのだろう。

緊張して素の力を出せないこともあるから。

それでもクエナやウィーグにはバレていたようだったが。

「それで、この依頼を受けるかどうかはお主ら次第じゃ。前と同じで最低限の依頼金は達成せずとも貰える。しかし、これを達成すれば全ギルドの勇者パーティー候補として一歩前進となる」

全ギルドの勇者パーティー候補。

ここではあくまでも各組織の勇者パーティーとしての候補に挙げられるということだ。

つまり恐らく次の次くらいまでいけば勇者協会が認める正式なパーティーメンバーの一員ということになるのだろう。

「ああ、一応じゃが、もしも依頼を受けなくともポイントが下がることはない」

「ん。まじか」

「うむ。こればかりは下手に目立ちたくない者やめんどいと言う者が多いのでな。とくにSランクまでいけば知名度も地位も確保されておる。勇者の称号はなくとも困らん。実際、ギルドから勇者候補として選出されておるのはAランクばかりじゃ」

へぇ。なるほど。

あの依頼を受けた時はなかなか強い冒険者が集まっている印象だった。もちろんクエナも実力はなかなかのものだ。複数のワイバーンに囲まれて傷一つ負わずにかなりの数を討伐していたのだから。

ほかのSランクはどれほどなのだろうか。

ソリアには神聖共和国で会ったが実力までは直《じか》に見ることはできなかった。それでも大量にいたであろう負傷者をすぐ治癒していたから相当な技量を持っていることはたしかだが……っと。そうだ。

「ソリアも受けているの？　俺たちは王国だが、あいつは神聖共和国だろ？　それに【光星の聖女】なんて呼ばれていたし……」

「ああ、ソリアはもうすでに唯一勇者パーティーの聖女として内定しておる」

「候補でもなくか？」

「そうじゃ。あれは幼少から名を馳《は》せておったからな。勇者協会は神聖共和国に頭を下げてお願いしたそうな」

二つ名に聖女と付いているからどうなのだろうと思ったが、もう確定なのか。そりゃすごい。

だからウィーグもソリアの名前を挙げていたのだろう。

「まぁ依頼だから断る理由もな――」

「ちょっと待って、ジード」

依頼を受けようとするとクエナが横から遮った。

続けてクエナが言う。

「――この依頼、断ってほしいの」

この依頼。

つまり勇者パーティー候補として選ばれるであろう試験の一つを断れということだ。

クエナが付け加える。

「私から依頼分のお金は渡すわ。もちろん達成した場合の額を」

「ほー。各ギルド支部からの本決定後の依頼じゃから今回の成功報酬は高いぞ。よいのか？」

俺の代わりにリフが問う。

実際に依頼書にはバカにならない金額が書かれている。

だが、クエナは迷うことなく頷《うなず》いた。

「べつにこれくらいは持っているわ。それに今まで頑張っていたのは……このためと言っても過言じゃないもの」

「ああ、そうじゃったな」

「どういうことだ？」

二人だけで進んでいく会話に疑問を差し挟む。

しかし、クエナは顔を逸《そ》らした。

「ジードとシーラは無暗《むやみ》にふれ回るような性格ではないじゃろうて。説明した方が断ってもらいやすくもなろう」

「……そうね」

クエナが依頼書を再確認する。

依頼内容。

Sランク指定区域の巨大森林『禁忌《きんき》の森底《しんてい》』の中心部。そこに癒しの湖というどんな傷や病気も治る癒しの水を湛《たた》える場所がある。

その水を確保し、持ってくること。それが依頼内容だった。

最初の依頼と同じ。探知魔法と転移が使える俺が最も有利に進められる依頼だ。

さらに言えば、禁忌《きんき》の森底《しんてい》は幼少の頃から少年時代まで住んでいた場所になる。癒しの湖と呼ばれる場所も把握している。

俺の勝ちはほぼ確実だ。

だからこそ、クエナが俺に依頼を断るよう持ち掛けてきたのだ。

そのクエナが言いづらそうにしながら唇を震わせ――開いた。

「信じられないかもしれないけど、私はウェイラ帝国の皇帝の……娘よ」

「わお！」

シーラがあからさまな驚き顔を見せる。

……そういえば冒険者カードで出たニュース。新しく女帝が就任したって記事を見てクエナとすっごい顔似ていると思ったのだが、本当に家族だったのか。

「……予想以上に反応が薄いわね」

「いやいや！　驚いてるわ！」

シーラが素直な感想を残す。

ただ、俺はあまりシーラのような反応ができなかった。

ぶっちゃけ皇帝の娘と言われてもすごさが分からない。いや、すごさは分かるが実感が湧かないと言うべきか。

これも辺境田舎に住んでいた弊害か。

「でもでも、どうしてそんな大物が王国に？　しかも冒険者だっていうのに話題にすらなってないわよね？」

シーラが尋ねた。

「私は妾《めかけ》の子供だったからね。しかも、ただの娼婦《しょうふ》の。ほとんど存在はなかったことにされているし、ずっと妾の子供だからってバカにされてたわ」

「ああ、なるほど。だから見返すために」

「そうよ。Sランクか勇者にでもなれば私と母さんをバカにしていた奴《やつ》らの鼻をへし折ってやれる。だから息苦しいあの城を出たの」

クエナの拳が強く握られている。

きっと悔しい思いをしたのだろう。

「まぁそんな事情があるなら、俺は勇者なんかに興味ない。断るとまではいかなくとも、二番目以降に達成するよ。それでいいだろ？」

この依頼は最初に達成した者だけに報酬が増額される、というわけではない。

太っ腹にも達成者全員に同額の成功報酬が払われるのだ。

ここまで選抜をクリアしてきた人たちに対する手向け的なものだろう。

「……ありがとう。ごめんなさい」

クエナが握った拳に力を込めた。さらに強く。

彼女としても不本意な頼みだったのだろう。俺への感謝よりも屈辱が上回ったはずだ。

悔しくても、それ以上に見返したいものなのだろう。

生まれた環境はそこまで人生に関わってくるのだ。

「えー。私はジードとパーティーになりたいから依頼受けてたのに……」

ぷくーとシーラが頬を膨らませて不満を口にした。

「パーティーとは勇者パーティーのことか？」

「いいえ、普通のやつです。というかジードと一緒ならなんでもいいやつです」

「ストレートじゃの……しかし、パーティーくらい組んでやればよいじゃろ」

「うー。私も組んでほしいと前に言ったことがあったんですけど……」

「依頼を受けるペース、達成するまでの時間は今のところ問題ないからな。パーティーは考えていない」

「とのことです……」

　がくっと露骨に落胆する。

「まぁ、パーティーを組む必要のある依頼とか来たら頼むよ」

「ほんと!?　楽しみにしてるからね!?」

　シーラが息がかかるほどに顔を近づける。

　いい匂いが鼻をくすぐる。

「ではシーラは依頼を受けないということでよいか？」

「ええ、ジードとパーティーが組めないならパスですー」

「あい分かった。正直、ギルドには騎士に適性のある者が少ない。Cランクとはいえ実力面でAランクほどはあるシーラなら勇者パーティーの候補になれると思うぞ？」

「そうなんですね。けど、依頼は受けないということで」

軽くリフが説得を試みたが、あえなく玉砕していた。

シーラの決心は揺るぎないようだ。

「ふむぅ。勇者パーティーの候補になれるのじゃから、もっとこう『やりたいです！』とかなるものじゃがなぁ……」

「うーん。興味ないので」

シーラの様子にクエナが申し訳なさそうに言った。

「依頼金の分、渡すわね」

「えっ、どうして？」

「だって……本当はシーラも私のために依頼を放棄したのでしょ。なら私が補填しないと損したも同然じゃない」

「うーん？」

シーラが苦笑いを浮かべながら頬を掻《か》く。

困った、と言わんばかりの様子だ。

「クエナ、そういうことじゃないだろ。おまえ気負いすぎてないか？」

「……どういう意味よ」

刺々《とげとげ》しい言葉が返ってくる。

言って、ハッとなったのかクエナが力強く瞼《まぶた》を閉じながら、

「ごめん」

そう言って部屋を出ていった。

いやな空気が流れる。

「すまんの。あれは昔っから一人で戦ってきた。せっかくの機会をみすみす逃したくないのじゃろう。許してやってくれ」

「ああ、わかってる。許すどころか、ギルドに来て俺はあいつに助けられてばっかりだった。今度は俺が返す番だよ」

クエナなら言うだろう。

あれは勝負に負けたからやっていただけだと。

けど俺の解釈では違う。

これだけ必死に目指す目標があっても時間を割いて俺の面倒を見てくれたんだ。

それに見合った恩返しをしたい。

「さて。依頼でも受けてきますかね」

リフから渡された依頼書を手に取る。

◇

懐かしい禁忌《きんき》の森底《しんてい》に着いた。

どれくらいぶりだろうか。ここ何年かは来ていなかったか。

森の外に面する場所にはあまり強大な魔物の気配はない。

だが、奥へ入ると別格の強さを持つ魔物が探知魔法にかかる。

よく出るのはフェンリルの群れや、アーグと呼ばれる真っ黒で豹《ひょう》に似ており、闇系統の魔法を使う知能の高くて獰猛《どうもう》な怪物。ほかにもSランクに分類される魔物が数多く生息している。

そんな場所への入り口で、俺を睨《にら》みつけている依頼人がいた。例の勇者協会に所属している神官とやらだ。

男はすぐにパっと目を逸らして、数にして十名から二十名ほどの冒険者たちに『依頼内容』を説明した。

「この『禁忌《きんき》の森底《しんてい》』に存在するとされている『癒しの湖』から『癒しの水』を確保すること。それが今回の試験だ！」

依頼を試験と言い換えた。

彼からしたら依頼人ではなく試験官という立場でここにいるのだ。

「皆もわかっているだろうが、これが最終試験となる。ギルドからの代表選出のため依頼という名目になっているから達成すれば報酬は渡す。達成できずとも多少は配布することになっている。だが！　真に勇者パーティーの候補として選ばれるのは最初に持ってきた者のみだ！」

ごくり、と冒険者の誰かが喉を鳴らした。

最終試験なだけあってメンツもなかなかすごい。

それでもクエナは遜色ない。

ほとんどがAランクと見て間違いないだろう。俺以外にSランクはいないようだ。クエナが依頼を最初に成功する確率が高くなって良かった。

ほかのSランクを見たかったという気持ちもないわけではないが。

「それでは最終試験を始める！」

試験官が開始の合図を口にした。

冒険者たちが一斉に走り出した。クエナも勢いよく行っている。

「おいっ！　ジード！」

走る冒険者の群れの中で一人、こちらを見ながら声をかけてきた者がいた。ウィーグだ。

「おまえは俺のライバル！　最初の試験では先を越されたが、勇者になる運命を背負っているのはこのウィ――――ぶべっ!?」

ウィーグが木にぶつかる。顔からダイレクトにいった。

そりゃ前も見ずに俺のことを見てたらそうなるだろうに。幸先《さいさき》が悪いな。

「転移」

最初に達成するつもりはない。

だが、まぁ最初に癒しの水を回収しても問題ないだろう。

――懐かしい光景が目の前に広がっていた。

太陽の光が大木の間を通り抜け、透き通った大きな湖を照らしている。

周囲のひんやりとした岩には青々とした苔《こけ》が生えていた。

湖の中心部からは綺麗《きれい》な水が溢《あふ》れるように水面を隆起させている。

絶えず生まれる水を、普段は喧噪《けんそう》を極める魔物たちが争うことなく、ゴクゴクと飲んで喉を潤している。

神秘的な光景、と言うのだろうか。

あらかじめ用意していた瓶を取り出して癒しの水を分けてもらった。

『あっ、あれ。ぬ、ぬ、ぬ、主様っ!?』

と。

テレパシー的なものが脳裏に響く。

それは周囲にいる魔物が伝えてきたものだった。

全員が怯《おび》えた様子でこちらを見ている。

『ぬ、主様が帰還なされた……！』

『群れに伝えろ！　喰《く》われる前にどこへなりとて逃げろと！』

『ひぇえ……！　この森の厄災が戻られた……！』

なんだろう。この酷《ひど》い言われようは。

慣れた頃には雑食で色々な魔物を食べていたんだけど。もう結構な時が経《た》った今でもこんな風に言われるのか。

まぁどの魔物も長寿だから仕方ないのだが。

それにしても……湖から一匹も魔物がいなくなるのはちょっとなぁ……。

良い眺めだったのになんだか物寂しくなる閑散とした光景だ。

しかし、探知魔法を展開しながら、つくづく思う。

ここまで辿《たど》り着ける冒険者はいるのだろうか。

ここはSランク指定の森だ。

だが全体ではない。踏み入ってすこしのところはCランクでも死ぬことはない程度の魔物ばかり。

それでも中に入っていくとAランク以上の魔物がうじゃうじゃと存在する。

それをSランクにも満たない冒険者が乗り越えられるかと聞かれれば……肯定的な意見は出しづらい。

ただクエナ辺りになると力量と経験があるから辿り着いてくるだろうな。

さっそく探知魔法で脱落者の気配を感じた。

まぁ成功者は良くて数人、悪くて一人いるかどうか、くらいだろう。

◇

ジュっと、炎剣に触れた魔物の血液が蒸発する。

私の眼前には無数のアーグの死体が転がっていた。

「ふぅ……これでようやく終わりね」

達成感から思わず呟《つぶや》いた。

ギルド直営の図書館であらかじめ仕入れていた情報によれば、もう直《じき》に癒しの湖に着く。

ああ……あった。

噂《うわさ》に違《たが》わない綺麗な光景が広がっている。

ただ湖と一緒に——黒い髪に黒い瞳、長身痩軀《そうく》の男もいた。

ジード。

突然Sランクに成り上がった、元王国騎士団所属の化け物。

飄々《ひょうひょう》としていて、抜けているところが多くて、その割にはどこかしっかりと物事を見据えて考えているところがある……よく分からない男だ。

今もこうして誰よりも先に湖に来ていた。

「よう。お疲れさん」

ジードが軽快に声をかけてくる。

ギルドマスター室で思わずぶつけてしまった私のイライラを歯牙にもかけない様子で。

「早いのね」

依頼人から配布された専用の瓶を取り出して水を掬《すく》う。

「ああ。転移を使ったからな」

「……――っ」

ジードの言葉に胸が痛む。

本来なら彼がギルドから選出される勇者候補となるべきだった。それは実力の面を見ても明らかだ。

私がここに来るよりも先に、試験官に瓶を渡して試験をクリアすることもできるだろう。

私が見てきたSランクは多くはない。

けれど、彼の技量はギルドでもトップだろう。あの傑物として名高いリフさえも凌駕《りょうが》すると確信している。

【光星の聖女】ソリア・エイデンも私よりジードのほうが勇者に適任だと思うはず。

いえ。誰が見ても彼が適任だ。

すこし前の出来事。

たった一人の少女のために騎士団を崩壊させた、彼の姿。

あれはまさしく勇者と呼ぶべきものだった。正義のために強大な組織に立ち向かえるのだから。

……まぁ彼自身が強大な組織を超えるほどに強いという裏話つきではあるけれど。

パシャパシャと湖の水で顔を洗う。

それだけで身に染み、すべての疲労が取れる。さすが瓶一本が金貨数十枚で取引されるだけはある。

「あの。ギルドマスター室でのことなんだけど……ごめんなさい」

「ん、いいよ。別に。気にしてない」

本当に気にしていないのだろう。

でも、私にとってはあまり後回しにしておきたくないことだった。

彼のことは……嫌いではないから。

なんだかんだで私が勝負を挑んだ時は付き合ってくれたし、色々と抜けてて放っておけないところがあるし、逆に放っておかれるとなんだか腹が立つし。

バカなリフは母性とか恋慕とか言うけど断じて違う。

ただこれは…………なんだろう。うん。なにかは分からないけど放っておけないの。

それだけ。

だから、嫌いではない。

「さぁ、残り半分だ。がんばれ」

その余裕たっぷりな言葉にはイラっと来たけど。

「わかってるわよ！」

ぶっきらぼうに返しておいた。

にへらと笑う顔を引っぱたきたくなったけど、その分の力は温存しておくことにした。

◇

依頼・試験開始から十数時間が経った。

離脱者・辞退者は十名を超えていた。

しかし、ここで森から出てきそうな冒険者がいた。

クエナ。

Sランクに近いとされる現状Aランクの冒険者だ。炎と見紛《みまが》うほど鮮やかな赤色の髪と瞳を持っている。

あとすこし。来た道を把握している彼女にはゴールが見えていた。

だが気配を感じる。そして声も。

「た、助けてくれ……！」

ふり絞るような声だ。

声の方へクエナが向かうと深手を負った冒険者が倒れていた。

「大丈夫？」

クエナが声をかける。

彼もまた名の知れた冒険者だった。

「すまない、足が動かないんだ。なんとかここまで戻ってきたがダメみたいだ……！」

「しっかりしなさい。あと少しよ」

クエナが男のケガを目視で確認する。

胸から腹部にかけて裂傷を負っている。ドクドクと大量の血が止めどなく溢れていた。

足に目立った傷はない。足が動かないのは出血多量のためだ。

この冒険者は死ぬ。

クエナは一瞬で判断した。

「なんでこんな無茶をしたの」

咎《とが》めるわけでもなく、クエナはただ純粋に問う。

「ゆ、勇者になれるかもしれねぇって思うと張り切っちまって……はは」

男が情けないと自嘲する。

勇者。それは人族なら誰しもが一度は憧れる。それになれるというなら命の一つや二つくらい賭けても不思議ではない。

だが冒険者は違う。とくにAランクにまで至った高ランクの冒険者は。

自らの境地と環境と状況を即座に判断して、絶対に死なないように、深手を負わないようにする。それが冒険者だ。

自業自得。

揶揄《やゆ》されて当然だ。彼が選んだ職業なのだから。

だからクエナが見捨てても誰にも陰口を叩《たた》かれる筋合いはない。むしろ置いていかずに足手まといを担いだまま帰還しようとして道連れになってしまえば愚かの一言で終わる。

クエナは治癒用アイテムをいくつか持っているが、彼の死を食い止められるほどのものは一つしかない。

今回の依頼の品『癒しの水』のみ――。

クエナは間違いなく一番だ。だからあとはこれを渡すだけで試験合格となる。勇者への道は開かれる。候補となるだけでも知名度は上がる。決してバカにできない。

往復してもいい。だが、次は無事に生きて帰れるか分からない。強力な魔物から逃れながら、なんとか進めた道だ。

傷ついた前の男の二の舞になってしまうかもしれない。

だというのに。

にも拘らず。

「飲みなさい」

クエナが男の口元に水を垂らした。

ごくっと喉を通った音がする。すると傷がたちどころに癒え、血が止まった。

「こっ……これ……は……」

癒えた傷を見て男が安堵《あんど》から意識を失ってしまう。疲れもピークに達していたのだろう。

緊張の糸が切れてしまったのだ。

クエナは男がしっかり息をしていると確認した。

「いいのか。クエナ」

ふと、クエナの後ろから男の声がする。

ジードだ。

「……誰かの命を犠牲にしてまで称号に喰らいつくつもりはないわ」

「ああ、そうか。そうだよな」

「なによ、その言い草」

見透かしたような言い方をするジードにクエナが片方の眉を下げる。

ジードがポケットを探り、瓶を取り出した。――それは癒しの水が入ったもの。

「やるよ」

「なっ。う、受け取れるわけないでしょ!?」

「なんで？　勇者になりたいんだろ？」

「そりゃ、なりたいけど……！　でもだからって……！」

「俺は勇者ってものに詳しくないんだけど、おまえみたいに損得なしで人を救えるやつが報われない世界はイヤなんだよ」

「……っ！」

あっさりと言ってのけるジードに、思わずクエナの目じりから涙がこぼれそうになった。

震える手でジードから癒しの水を受け取る。

「……返すから。絶対に」

「ん？」

「この恩は絶対に返すわ。ありがとう」

それはクエナの素直な言葉だった。

ジードは「俺が恩返しのつもりだったんだが……」と発したが、クエナの耳にはもう届いていなかった。

クエナはジードの恩を胸に試験官のもとに向かう。

◇

試験官のもとにクエナが着く。

「これで依頼完了よね」

クエナが癒しの水が入った瓶を差し出す。

その中にはたしかに十分な量が入っている。なんの問題もない――はずだった。

「……」

試験官が反応しない。

クエナの方を見向きもしない。達成した瓶を受け取るだけでいいにも拘らずだ。

――まるでクエナが存在していないかのように。

「ちょっと。依頼完了したって……」

「……」

寝ているわけでもない。

しっかり目を見開いている。

ただ、クエナを見ていないのだ。

ようやく言葉を発したかと思えば。

「あ〜あ。勇者に相応《ふさわ》しい方はいないか。『位の高い生まれで。見合った実力を持っていて。素晴らしいカリスマ性を持つお方』はいないかあ」

まるでクエナに言い聞かせるかのように、張り上げるほどの大声だ。

クエナがギリっと奥歯を噛《か》みしめた。

「これが勇者協会なの!?　これが勇者試験なの!?　ありえない……！　勇者っていうのは誰だってなれるもののはずでしょ!?」

「ふはっ」

クエナの言葉に試験官がほくそ笑んだ。初めて反応した。

だが、飛び出てきた言葉はろくでもないものだった。

「誰でも勇者になれるってのは女神さまの神託があってこそだ。俺たち勇者協会が選ぶのは位の高い者。すべての民の憧れとして存在してくれるお方だ」

鼻をほじり、頰を吊《つ》り上げながら男が続ける。

「ジードとクエナ……おまえらのことは調べてある。どっちも出自が分からないぽっと出の怪しいやつらじゃねえか。んなやつらを勇者にしろ？　ちょっと力があるからって生意気なこと言うんじゃねぇよ！」

試験官がクエナの持っていた瓶を叩いた。

クエナは呆然《ぼうぜん》とした。力が抜ける。あっさりと瓶が転がり落ち、パリンっと瓶が割れた。

中身の水が地面に吸われていった。

「ゴミムシは光に集《たか》ってろ。光になろうとするんじゃねぇよ」

壊れた瓶を踏みつけながら試験官が笑う。

ようやく、されたことを理解したのかクエナが悔しそうに俯《うつむ》く。

そんな彼らの間に割って入る人物がいた。

「あれ、これ要らないの？」

ジードだった。

片手には気絶している冒険者。

もう片方の手には癒しの水が入っていた瓶の欠片《かけら》があった。

捨てられ壊された瓶を見ながら、ジードが聞いた。

「はぁ。また身の程知らずが来たか」

今度は隠そうともせず試験官が言った。

「バイリアスさん。これあなたが依頼したものですよね？　俺の目からはクエナの瓶を叩いて落としたように見えましたけど」

「あぁ？　はっはっは。わかった。金に意地汚ねぇな。達成金は払ってやるよ。だから勇者になろうとなんかせずに失《う》せろ」

「んー。勇者には興味ないんだけど、不当な扱いを受けるのは理解できないな」

癒しの水で湿った土を握る。

そしてそれを無理やりバイリアスの手に載せた。

「癒しの水はこの状態でも使えるのでどうぞ。それで、一番はクエナですよね？」

「……は？　おまっ、おまえ！　俺の手に泥を……！」

「いやいや。癒しの水ですから。……ん、癒しの泥ですかね？」

「きっさまぁ……！」

バイリアスが額に血管を浮かべながら怒鳴ろうとした瞬間。

俯いていたクエナが言った。

「もういいよ。ありがとう、ジード」

それだけ言うとクエナが歩き出す。

「そっ、そうだそうだ！　身分を理解したら、とっとと失せ――ぶべっ!?」

クエナに追い打ちをかけようとしたバイリアスの顔に、ジードが泥を塗り黙らせた。これ以上はもうなにも喋《しゃべ》るなと言うように。

――ギルドの勇者候補試験は散々なものとなった。

第三話　次なる依頼は

「また指名依頼か？」

リフに呼ばれた俺は思わず口にしてしまう。イヤというわけではない。だが、勇者協会の一件以来、あまり良い印象を抱けなくなっていた。

「うむ、また勇者協会からじゃ。いやならやめておくか？」

「いやではないが……」

ちらり、と隣を見る。

いつもどおり不愛想な顔つきの美女がいた。クエナだ。

「なによ」

「いや……」

依頼人兼試験官の言動を思い出す。

『ゴミムシは光に集ってろ。光になろうとするんじゃねえよ』

到底……耳ざわりの良いものではなかった。

それも勇者になりたいと強く思うクエナの願いが目の前で叩き折られたのだ。

クエナはもう勇者協会の名前も聞きたくないんじゃ……。

「あのねえ、ジード。べつに私はなんとも思ってないわよ？」

「え。そうなのか？」

クエナが意外な言葉を放つ。

傍《はた》から見ていたが、かなり傷ついているような様子だった。

「正直すごい呆《あき》れただけよ。手段はいくらでもあるわけだから」

「なんじゃ。勇者協会の連中がなにかしたのか？」

「ええ。無法者の集まりのギルドから勇者なんて出したくないそうよ。もっと国の代表のような人がなるべきだって」

「……ほう？」

クエナの言葉にリフが怒りを露《あらわ》にする。森にいたのなら鳥類が慌てて飛び立つほどの魔力が溢《あふ》れている。

……というか、そこまで言ってないと思うのは気のせいだろうか。

「なるほどの。だからお花畑のウィーグが選ばれたわけか。小国とはいえ王子じゃからな」

「へー、あいつが選ばれたのか」

予想外だった。

あまり強そうではなかったが禁忌《きんき》の森底《しんてい》の中心部にまで到達できたのか。それほど甘い場所ではないのだが、なんらかの混乱に乗じたとかだろうか。

クエナとは同じランクだが、格は遥《はる》かにクエナのほうが上だ。

「それじゃあこの依頼はどうするかの。指名依頼じゃがポイント等は下げないようにしておくが」

リフが一応と依頼書を出した。

手に取り確認する。

依頼組織は勇者協会だ。

内容は勇者最終選定の場の警護とある。

「勇者を決める場所なんだろ？　集まってるのは強い連中だろうにどうして警護を依頼するんだ？」

「嫌味でしょ？」

「……はは」

クエナの即答に乾いた笑いが出る。

すでに呆れは通り越していた。

「私は受けるわよ。べつに僻《ひが》みもないし、嫌味を言われてもなんとも思わないから。なにも起こらないだろうし、お金と依頼達成のポイントだけいただくわ」

「俺も。断る理由は……ないしな」

一瞬だけ試験官の泥を塗りたくった顔が脳裏を過《よぎ》った。

しかし、それは断る理由にはならない。

「そういえば最終選定ってなにやるんだ？」

「うーむ。毎年やることが違うのでな。たしか今年は観客を呼んで候補者同士のタイマン……いや、ドラゴンを放ってそれを討伐する……じゃったかな？」

「なるほどね」

どうも見世物の要素が強い。勇者協会側もパフォーマンス的なことを考えているようだ。

候補者同士のタイマンとか面白そうだな。

「ドラゴンの討伐、ね。おとぎ話でも模しているのかしら」

どうでも良さげにクエナが言った。

勇者がドラゴンを討伐するおとぎ話ってのもあるようだ。その再現となれば観客としても見ていて面白いのかもしれない。

余興で討伐されるドラゴンからしたら散々だろうけど。

「まぁ勇者選定の試験が行われていることは公表されておっても途中で誰が落ちたかまでは注目されん。そもそも公には知らされていないはず。侮蔑の目もないじゃろう。ゆっくり見てるがよい」

「そうね。落ちた者同士で傷の舐《な》め合いでもさせてもらうわ」

「依頼を受けているのはジードとクエナくらいじゃろうがな」

「二人で舐め合うか」

「……な、なにバカなこと言ってるのよ!?」

「おまえが言ったんだろ!?」

理不尽に小突かれた。

◇

さて。依頼内容は『勇者最終選定の場の警護』だった。

毎年開催される場所が違うらしい。

今年は神聖共和国で開かれるとのことだった。

クゼーラ王国騎士団と戦って疲弊しているであろう国で開くのは中々すごいと思ったが、各国にもいろいろな事情があるようだった。

一つは交通の利便性が高い国であること。

一つはどことも戦争や小競り合いをしていない国であること。

一つは経済的に豊かであること。

ほかにも諸々《もろもろ》とあるが、開催地の条件はこんな感じだ。

実際にクゼーラ王国の騎士団と争った神聖共和国側の騎士団は下っ端のようなものらしく、国の守りに影響はさほどないらしい。

だから消去法で選ばれたのだろう。

それに聖女のソリアがいるから縁起が良いので選ばれたともクエナは推測していた。

そんなこんなで神聖共和国に到着する。

今回は中央都市——神都にやってきた。

中心部には巨大な女神の銅像が建てられている。それは遥か離れた街の外からでもわかるほど巨大だ。

両手を合わせて平和を祈っているような姿だ。

素人目だが荘厳さもあり慈愛も感じる、そんな銅像だな。

そして今回のメインとなる選定場。

そこは神都の中心部にあるコロッセオの建築物だ。石造りであるだけじゃなく幾多の魔法式が張り巡らされている。

見た目以上の頑丈さがある。

関係者として中に入ってみると、数万人は座れるであろう観客席に派手なバトルを演じることができそうな巨大なフィールドがある。

「すげーな。平和そうな場所にこんな建物があるんだな」

俺がそんなことを言っていると、一緒にクゼーラ王国から来ていたクエナが侘《わび》し気《げ》に言った。

「平和と争いは別物というわけじゃないわよ。神聖共和国も軍事力は列強として相応《ふさわ》しいし、このコロッセオだって今回だけじゃなく、常日頃から使われているわよ」

言われてみればイベントの準備をしている人たちも慣れた手つきだ。

足元にちらっと目をやれば使用感のある汚れも多少見て取れる。

「へぇ。そんなもんか」

国や宗教の事情には詳しくない。

だが、イメージとしては理解している。理想論だけじゃなく、れっきとした力が必要だということを。

「おやおやおやぁ。依頼を受理した冒険者がいるなんて冗談みたいな話を聞いてみれば……おまえたちか」

突然、声をかけられる。

声の主のほうを振り返れば見知った顔があった。

バイリアス。勇者協会から派遣された依頼者であり試験官だった男だ。

俺たちのことを嘲笑しながら見ている。

「まさか本当に来るとはな！　ほかに引き受けたやつなんていないぞ？　そこまで金が欲

しいのか？　羞恥心はないのか？　んん？」

かなり子供じみた挑発だ。

笑い方も本人は貶《けな》しているつもりのようだが、変顔をしているようにしか見えない。

「依頼は依頼ですから」

もうすでに呆れて見ようともしないクエナに代わって答える。

すると俺の返答が気に喰《く》わなかったのか、ムッとなったバイリアスが睨《にら》みつけてきた。

「正直に言いたまえ。どうせ怠けても金が得られる依頼だから来たのだろう？　金にがめつい者共め。所詮は生まれも分からぬ者達《たち》だ！」

バイリアスがはっはっはっと高笑いをする。

コロッセオ中に綺麗《きれい》に声が響いて視線を集めている。

「それで俺たちはどこに行けばいいですか？　主にどこで警護をしていろとかあります？」

「……ちっ。平然とした態度をしやがって。おまえたちは適当に観客席にでも座っていろ！　そして指をくわえて眺めているといい。おまえ達には一生をかけてもたどり着けない勇者となる者達をな！」

「了解です」

この依頼はどうやら本当にただの嫌味だったようだ。

実のところ、俺はなんらかのパフォーマンスを手伝わされるのかと思っていた。

たとえば今回はドラゴンを退治するというイベントを用意したようだが、先に警護として来ていた俺たちが倒される。その後に勇者となる者がばっさりと決める！　とか。

これじゃあ、ただの金の無駄遣いじゃないか。

「バ、バイリアス様！　イベント用のドラゴンが脱走してしまいまして……！」

「なっ、なに!?　なんでもいい！　適当にそこらへんにいるドラゴンを捕まえてこい！」

……なんて話も聞こえてきた。

大丈夫か、これ。

◇

やることもなく会場で座って待っていると、次第に人が集まりだした。

正式に女神が選んでなくとも、やはり勇者のブランド力があるのだろう。

一般的な観客席だけでも半分は埋まりかけている。ここからさらに増えていくだろう。

会場の外からも賑《にぎ》やかな声が聞こえる。

移動の便から階段に面する席に座っていた俺は、後ろからドンっと人にぶつかられた。

ただ力強さはない。むしろ軽いと言える。

「あわわっ、すみません！」

「ん。平気だ。怪我《けが》はないか？」

ぶつかってきた声の主を確認すると、やはり小さな子供だった。

お世辞にも綺麗とはいえないフードを目深に被《かぶ》っている。まだ声変わりもしていないだろうから少女か少年か分からない。ただ、なんとなく少女だろうなと思った。

手には布に入れられた細長い物を持っていた。

「はい。ありがとうございますっ」

「し、司祭様……ご無事ですか？」

「うんっ、早く行こ。できるだけ前の席に」

司祭様？

少女の後ろからやってきた男から、そんな単語が飛び出した。

だが、なにを聞けるわけでもなく、二人は急いで人気の前列を取りに行った。

まぁ勇者に興味のある宗教が視察的なものをしているのだろう。

実際に、もう前列は明らかに同じ組織に属するグループが占有している。彼らは奇妙なまでの団結力と連係で席を奪っていた。

本当に色々な人が集まる場所だな。

さらに上をちらっと見ると、コロッセオの上段に、ガラス張りになっている個室もいくつかあった。

そこには豪華な服を身に着けた者達がいる。

そしてまた一人、赤いドレスを着た凛々《りり》しい女性が豪勢な部屋に入っていく。軍服を着た集団を従えて。——あれ、クエナ？

じゃない。クエナは隣にいる。

だが似ている。瓜二《うりふた》つだ。

……あ。そういえばニュースで見たぞ。

まさか噂《うわさ》の女帝？

確認のために隣で暇そうにしているクエナに声をかける。

「クエナ、あれって」

「——！……ルイナ。私の姉よ」

「まじか」

クエナがギリっと歯を食いしばる。

ドンピシャ正解だったようだ。

まさか女帝さんまで見に来ているとは。そこまで大きな催しなのか。

「暴れるなよ？」

「なによ、人を暴れ馬みたいに言って」

「いや、なんかクエナは女帝さんに因縁があるみたいだから念のためだよ」

「大丈夫よ。新しく女帝になったって話だから見せつける必要もあるんでしょ。これくらい予想していたわよ」

はぁっと、ため息をついて腕を組み、椅子にもたれかかる。

この態度を見ていると女帝のルイナが、クエナの機嫌が悪い元凶っぽい。

一瞬、女帝の方からチラっと視線がこちらに向けられた気がした。クエナのことを見たのだろうか。

やはり姉妹のようだ。

なんともまあ。

本来ならクエナは選定の場に立っていたかっただろう。

そうしたら、姉を見返せていたはずだった。

なんとも言えないむずがゆさがある。

「あっ、いた。おい！　冒険者ども！」

「ん？」

俺らを呼ぶ声。

服装はコロッセオの従業員ではなく、勇者協会のそれだった。

近くまで寄ってきて、周りには聞こえないように手で隠しながら口を開いた。

「捕縛したドラゴンが暴れているんだ、あんたら手伝え！」

「なんで？」

素直に問う。

「なんでって……バイリアスさんがあんたらを使えって言ってんだよ！　どうせ役に立たねえんだからここでくらい働けっての！」

「んー。あくまでも依頼は『勇者最終選定の場の警護』ってだけなんで」

「は？」

「だから捕縛をするのは依頼じゃないんで動くつもりはないです」

「いや……！　これは立派な警護だろ！」

「俺はそうは思いません。だって俺が警護するべきこの場に竜はいない。ここまで来て暴れているならともかく、そっちが制御できずに手こずっているだけでしょう」

「ちぃ……っ！　ゴミが！　せっかく王竜の血統を捕まえてきたというのに……！」

捨て台詞《ぜりふ》を吐いて去っていった。

本当は手助けしても良かった。俺の主張は屁理屈《へりくつ》だ。もし脱走したらここで暴れる可能性もあるのだから。

それでも俺が手を貸さなかったのは苛立《いらだ》ちがあったからだろう。

「俺は冒険者、失格かな」

「そんなことないでしょ、って言わせてもらうわよ。じゃないと行かなかった私も失格ってことになっちゃう」

そんな会話をしながら、徐々に熱気が高まるイベント会場を眺めていた。

第四話　乱入者

勇者の最終選定が始まった。

男の声が拡声のマジックアイテムでコロッセオ中に響き渡る。

『さぁ皆さま！　お待ちかね【勇者】が決まるお時間がやってまいりましたァーー!!』

その声に会場が沸き上がる。

コロッセオの外にいるであろう者たちの声も場内に響いていた。

『このコロッセオで行われる催しは現在七か国にて生中継でお送りしておりますー!!』

と、丁寧な説明から入る。

それから勇者の話であったり、協力した勇者協会の紹介であったりを飽きないトークで観客に伝え、ついに始まった。

進行役の男が勇者候補の名前を呼んでいく。

それに伴い会場に老若男女、強者のオーラを持った者達がどんどん入ってくる。次第に観客の声援も熱を帯びたものになっていく。

『――そして次なる猛者はぁ！　スティルビーツ王国の第一王子にして、屈強な戦士たちが集う冒険者ギルドからの刺客ッ！　ウィーグ・スティルビィィーッ!!』

男がウィーグの名前を大声で言う。

呼ばれたウィーグが手を挙げて応じた。表向きは自信満々な様子だ。……が、どこか顔に陰りがある。

もっと光り輝くキラキラとした瞳を持っていたはずだが、今はこの世の闇に触れたような目をしている。

この数日間で彼の身になにが起こったのだろうか。

『さてさてぇ、お次は皆さまのお待ちかねだ！　伝統と格式ある列強国最強の軍事力を誇るウェイラ帝国から精鋭部隊《第０軍》の長！　数々の軍を単独で壊滅させた！　暴虐の限りを尽くした魔物たちを屠《ほふ》り尽した！　伝説の男ォ!!　バシナ・エイラックゥゥ！！！』

耳が張り裂けんばかりの歓声と共に、容姿が良く、着飾った男が入場する。

勇者候補の全員が紛れもなく強者であり、一人も弱い者はいない。が、その中でも特に一人だけ異様に目立っていた。

三十代後半くらいだろうか。

背に大剣を負っている、緑色の髪を持つ男だ。野暮な無精ひげと格式高そうな軍服とのギャップで目立っている。

しかし、最も注目を引くのは別。観客の視線は顔より下の方に集まっていた。

彼の白を基調とした格式高そうな軍用の衣服が鮮血にまみれている。今も服の上を赤い筋が滴っていた。

でも、負傷しているわけじゃない。返り血だ。それも血の濃度や魔力の残滓《ざんし》から見て人の血ではない。魔物の上位種の血だ。

「……あれ、なに？」

クエナが訝《いぶか》し気《げ》に目をやりながら俺に尋ねてきた。

「さっき勇者協会のやつがドラゴンの捕縛を手伝えって言ってきただろ？」

「まさか」

「ああ。あいつが一人で抑えていたよ」

コロッセオに着いてからは、念のために探知魔法を展開していたから知っている。

かなり高い魔力を持つドラゴンを、男がたった一人で倒していた。それも、おそらく選定に支障がないように手加減をして。

勇者候補の猛者たちの中でも頭一つ上にいるだろう。

「バシナ・エイラック……噂に違《たが》わないようね」

「知ってるのか？」

「ええ、ウェイラ帝国の軍人よ。ルイナの側近になったって話を聞いたわ」

「わお。どうりで」

バシナと呼ばれた男の軍服は、ルイナの傍らにいる連中と似ていた。ただ違うのは色だ。

バシナは白で他は黒色だ。

　実力的にはバシナの方が上だろうからリーダー的な階級なのかもしれない。

「あいつは、ジードから見ても強いの？」

「一定のレベルまで行けば強さの底が見えなくなるんだが、バシナはそのレベルにいる」

　魔力の量。魔力の練度。身のこなし。使用している筋肉。あとは勘だ。どれだけの経験を積んできたかという予想。

　そこら辺を交ぜ合わせて考えれば大体の力が分かるつもりだ。

　けど、全体像が分からないやつもいる。

　それがバシナだ。

「ふーん……ちなみに私は？」

「…………見えない」

「なによ、その間は。本当はどうなの」

「見えなくは、ない……が正直なところだ」

　俺が言うと、予想通り不機嫌そうな顔つきになる。

　自分とバシナを比べたのだろう。女帝の側近であるバシナと自分を。認められる一番の近道として。

「一応言うぞ。『見えなくはない』だからな。あと一歩違ってたらそうじゃなかった。おまえも十分に強いよ。それにセンスもある。バシナとは年齢の差だってある」

念のために補足しておく。

詳しい数値で測っているわけじゃない。クエナとは一緒にいることが多かったから、より鮮明に実力が分かるのだ。

「気を使うんじゃないわよ。大丈夫、焦ってるわけじゃないから」

クエナが言いながら少しだけニコリと微笑《ほほえ》んだ。逆に俺が気を使われてしまったな。

……ただ、まあ。

一緒にいたことが多いってことを差し引いてもクエナよりバシナの方が強い。明確なまでの差がある。

女帝の側近たちとクエナは同等くらいだろうが、バシナは別格とも言える。

それを証明するかのように観客の声援も未《いま》だに止《や》まない。

『さぁ、皆様！　さっそくですが最終選定に入りましょう！　前座なしのたった一つのメインイベント！――さぁ出《い》でよ！』

進行役の男が手を掲げると、あらかじめ組まれていた魔法式が展開される。大量の煙と辛うじて隙間から漏れる淡い光。

まるで男が魔法を使った風に見えるパフォーマンスだ。

『グォォォォッッ！』

耳を劈《つんざ》くほどの巨大な咆哮《ほうこう》が響き渡る。

会場全体にびりびりと緊張が伝わる。

柱ほどの大きな尻尾が煙を邪魔だとばかりに散らす。——現れたのは一体の黒竜だった。

中央に展開されている召喚陣を遥《はる》かに上回る巨軀《きょく》。鮮やかな黒い鱗《うろこ》。体外に溢《あふ》れんばかりの膨大な魔力。

王竜が竜族のなかでどんな位置づけなのか知らないが、名前的に竜の王的な種族なのだろう。その名に相違ない強さだ。

だが、明らかに一人を警戒している。バシナだ。

『おぉっと！　召喚陣から飛び出したのはドラゴン……それも王竜だ！　しかし王竜はバシナを警戒しているぞー！』

わざとらしい実況だ。

だが、それが観客の求める熱い展開らしい。最初からヒートアップしている。

「分かりきった結果ね」

クエナが冷めた視点から意見を口にした。

ああ。

王竜は、ところどころ怪我《けが》をしている。目立たない程度に嬲《なぶ》られている。

翼も動かせないようで羽ばたけない様子だ。

圧倒的な勝利でも演出するつもりなのか、すでにバシナが弱らせているのだ。

もう一目瞭然。終わりが見えた——と思っていると。

『『『グォーーーーーーオォォン！』』』

遠い場所から放たれた、しかしすぐ傍《そば》にいるような錯覚を抱くほど大きなドラゴンの怒号が十重二十重にもなってコロッセオに響き渡った。

◇

雨雲が空を覆いつくすと暗くなる。

今、そんな自然現象が生物の群れによって引き起こされていた。

人族よりも遥か以前に誕生したと言われ、神々と争ったなんて伝説もある古《いにしえ》の生物。

——ドラゴン。

黒、赤、青……色は違えど、群れを成して神聖共和国の神都を襲撃していた。

『ガッ——キィィーーーン』

進行役の男が手に持っていることを忘れるほどの驚きでマイクを落とす。不快な高音が発せられているが、それは人の悲鳴によって掻《か》き消されていた。

幾度となく衝撃音が響き渡る。ドラゴンのブレスが建物を壊している音だろう。ブレスは基本的に高温の液体の塊だ。

しかし、凄《すさ》まじい密度とスピードのため液体でありながら破壊力も伴っている。

「「きゃあああああああーーーっ！」」

「「うわあああぁぁぁぁ！」」

コロッセオの観客で、いちはやく状況を察知した者が出口に向かって逃走を始めた。このまま神都から逃げるつもりだろう。

次に反射的に逃げ出した者たち。それに便乗して人の波ができあがる。

「ジード、これなに!?」

クエナが俺に慌ただしく問う。

探知魔法で完璧に把握していた俺とは違い、クエナは目と耳だけが頼りだった。

「ドラゴンの襲撃だ。それも大量だ。百や二百じゃない。千は超している」

「……千!?　そんなのありえない……！　どうして……!?」

クエナが信じられないと目を見開いて会場の外を窺う。

俺も当初は探知魔法が狂ったのかと思った。しかし、実際にコロッセオが暗闇に包まれたのだから疑う余地はないだろう。

「どうしてってか。ここでバイリアスと最初に会った時に、あいつが言っていただろ」

「……？」

ピンと来ていないようだ。

バイリアスの言葉を改めて復唱する。

『バ、バイリアス様！　イベント用のドラゴンが脱走してしまいまして……！』

『なっ、なに!?　なんでもいい！　適当にそこらへんにいるドラゴンを捕まえてこい！』

「と、こう言っていた。そのあと別の勇者協会のやつが来て、さらにこう言ったよな」

『せっかく王竜の血統を捕まえてきたというのに……！』

「……と。運良くか、悪くか、捕まえた王竜が仲間を引き寄せてしまったんだろ。まぁ、あの王竜を捕縛するなんて芸当をやってのけたのは勇者協会というよりバシナだろうけどな」

「なるほどね。ジードの推測が正しいと思うわ。この異様な数は、王竜だからでしょうね。竜の中でも名前のとおり王のような存在だから」

「力だけじゃなく地位的なものか？」

「ええ。しかも、あれは王竜の子供。だから竜たちも相当怒っているんでしょうね」

「……子供？　あれが、か？」

クエナの言葉に衝撃が走る。

フィールドの半分を埋め尽くす巨体だ。それが子供？

魔力だって、がっしりとした肉体だって、どんな魔物の最盛期よりも上だ。それが子供？

禁忌《きんき》の森底《しんてい》にだって、このレベルで子供なんて言われるやつはいなかった。まだ大人と言われていたら納得できていた。

「……まぁいい。依頼を遂行するぞ」

「遂行って、こんな状況で……ちょっと！」

慌てて逃げ出す観客たちにぶつからないよう、観客席から飛び下りてフィールドに足を着けた。

後ろからクエナがついてくる。

『グルルルゥ……！』

黒い王竜が喉を鳴らして威嚇している。

その前で、バシナが余裕の態度をとっていた。

さらに傍らでは警戒心マックスの状態で勇者候補の連中が各々の武器を構えて戦闘態勢に入っている。

そこに横から割って入る。

「ストップだ。この場は矛を収めてもらう」

「ジ、ジード！」

俺のことを知っているウィーグが声を上げた。

　そのあとに飄々《ひょうひょう》とした態度でバシナが俺のことを見る。

「矛を収めるって、これじゃあどうにもならんでしょ？　ひとまず王竜の息を止めないとさ」

　バシナが背負った大剣を抜いて竜に向ける。

「悪いがそれはさせない。俺は依頼を受けた冒険者だ。この『勇者最終選定の場』は守らせてもらおう」

「ほう。だが、どうする？　外にも空にも大量の竜だ。守れるのか？　怒り狂っているんだぞ？」

　バシナが俺に問うたので、答えようとしたら、

「おい！　なにをやっている貴様ら！　さっさとそいつを片して外にいるドラゴンの群れを倒せ！」

　バイリアスが汗を流しながらフィールドに入ってきた。

　異様な状況に焦っている。

「そ、そうだ！　最も貢献したやつは勇者にしてやろう！　本当は観客に投票してもらい誰が相応《ふさわ》しいか決める予定だったが……もういい！　今回は一番多くのドラゴンを倒した者が勇者だ！」

　この期に及んでも勇者の話をしている。

勇者とやらがどんなに価値があろうと、こんな酷《ひど》い状況下で一番に拘《こだわ》るものではないだろう。

「お、おい！　おまえら冒険者もだ！　捕縛の時はよくも断ってくれたな……！　今回はそんな怠慢は許さない！　さっさとやれ！」

「そのつもりだ」

ため息を吐き、俺は王竜のもとに向かった。

シャーッと蛇のように威嚇している。ドラゴンというのは高度な知性を持っている。それこそ人よりも賢いやつだっている。

「俺の言葉、分かるか？」

『……グルルルル……！』

「おまえは絶体絶命だ。だが、安心しろ。俺が逃がしてやる。外にいる連中を下げてくれ」

『…………今さら怖気《おじけ》づいたか？　この私を捕まえたことを後悔したか！』

王竜が頭に直接語りかけてくる。

よかった。子供だと知性が高い魔物でも言葉が通じない可能性があった。竜の王だけあって賢いようだ。

「ああ。そんな感じだ。だからもう終わりにしてくれないか？」

『ふはははッ！　馬鹿が！　これは制裁だ！　ずっとずっと閉じ込めてくれたな……！

この報いは絶対に返させてもらう！』

……ずっとずっと……閉じ込めて？

おかしいな。

この竜はさっき見つけて、さっき捕縛したはずだ。それを永遠のように感じるものだろうか？

「――ということだそうだ。ここで引くのはおまえ達《たち》の方だ、冒険者諸君？」

王竜と俺の会話の隣から――。

カツンカツンっとハイヒールの高い音を鳴らしながら、長い赤髪を揺らした美女が割り込んできた。

ウェイラ帝国、女帝――ルイナ・ウェイラ。

◇

クエナがフィールドまで下りてきたルイナを、驚いたような睨《にら》みつけるような複雑な感情で見た。

「ルイナ……！」

「おい、冒険者。この方の名前を気安く呼ぶな」

ルイナの側近がクエナを諫《いさ》める。

姉妹感動の再会というわけにはいかないようだ。ルイナはクエナを一瞥《いちべつ》たりともしない。

ルイナがバイリアスに対して言った。

「勇者協会の男。中継を繋《つな》いでいるすべてのマジックアイテムに神都の様子を映せ」

「は、はぁ!?」

「神聖共和国がこうも打撃を受けている様を映せと言っている」

「こ、こんな事態を!?」

「ああ。我がウェイラ帝国と分不相応にも肩を並べて列強に数えられる国がいかに脆《もろ》いか
……そして真に強いのがどこの国かを示してやる」

にやりとルイナが不敵に笑う。

「あんたなにを企《たくら》んで……!」

「気安く呼ぶな、と言ったはずだが?」

身体《からだ》を前傾させて迫ろうとするクエナを、側近の一人が剣を向けることで止める。

決して軽くはない圧に、ギリっとクエナが歯を食いしばる。

「クエナ、神都に強い魔力が集い始めている。おそらく――軍隊だ」

「……っ。そういうこと……ね」

「ああ」

言葉足らずだったが、あっさりとクエナは理解した。

おそらく今回の件はすべて帝国が仕組んだことだ。

勇者協会から選定用の竜が逃げ出したことも、都合よく王竜が見つかったことも。

あるいは、もっと前から手を回していたのかもしれない。

目的はルイナが口にしている『真に強いのがどこの国かを示す』ことだろう。そのために近くに軍隊を呼び寄せていたのだ。

その軍勢は神聖共和国の許可を得て駐屯していたのか、秘密裏に潜伏していたのか……。

今は突然のことで知る由はない。

しかし。

それだけ分かれば十分だ。

「悪いが竜と戦闘させるわけにはいかないな」

今度は俺が横から割り込む番だった。

王竜の子供を囲もうとする側近たちの前に立つ。

「貴様は……？」

ルイナが口を利く。

鋭い眼光は既に女帝たる者のそれだ。

「ギルドの冒険者、ジードだ。依頼でここの警護を任されている」

足下のフィールドに人差し指を向ける。

瞬時に理解したルイナが、「ふっ」と鼻で笑った。

そして、側近らがすぐに俺を取り囲む。

「悪いがギルドの雑兵は邪魔をしないでくれないか。これはウェイラ帝国の威信をかけた作戦だ」

ルイナの言葉だ。

さらに続けた。

「どうしても身体を動かしたいというのであれば彼らと戦うと良い。その中には数人ばかし先輩がいるぞ？」

「先輩？」

囲む側近たちをチラリと見る。

そのうちの一人であるバシナが余裕な笑みで俺に伝える。

「俺も元々はギルド所属だった。今は引き抜かれてウェイラ帝国にいるがな。ランクは——Sだ」

言いながらバシナが大剣を横一閃に振るう。

バックステップで下がる。

「っと」

風音が斬撃の後に続くほどの速さだ。当然破壊力も速度に比例して高い。

大剣の先が当たっていたのかシュッと衣服が破けた。

「なるほどね」

ここにいる側近のうち数人はギルド出身のようだ。

そういう意味での『先輩』というわけだ。

「一つだけ訂正してもらおうか」

「あん？」

「あんたは――」

「ッ！」

足腰に力を入れて駆ける。

反動でフィールドが多少崩れたが選定の実施には差し支えない。だから勇者最終選定の場の警護という依頼にも支障はないだろう。

むしろ『邪魔者』の排除を優先だ。

「――『元』Ｓランクだろ？」

迫って蹴り飛ばす。

服の分をやり返す意味合いも込めて力強く。

「グぃッ……！」

バシナが大剣で止めようとするが、飛ぶ。

それも観客席まで。

残骸と共にホコリが舞う。

「やべ。これはさすがに支障あるかも」

思わず口にした。

◇

強者ばかりのルイナの側近。

それは実力主義で人材を集めるウェイラ帝国の新女帝ルイナの方針の表れでもあった。

事実、側近はすべて実力のみで選ばれた。

ギルドのSランクを数名引き抜き、小国で名を馳《は》せていた騎士を引き抜き、次期将軍と噂《うわさ》される若者を抜擢《ばってき》した。

全員が優秀だった。

人族の『精鋭』と呼ばれるに相応《ふさわ》しい逸材の集団だ。

それが——たった一人の男を前に指一本でさえピクリとも動かせずにいた。

側近の長だった男は観客席に突っ込んだまま意識を失っている。

彼はクエナと入れ替わるようにしてギルドから引き抜かれたため、ジードやクエナの耳に入ることはなかった。

だが、それでも、かつてはSランクであり、各国に名を轟《とどろ》かせた傑物だ。側近の誰もが一目置いていた。

その男を倒してなお、ジードが口にしたのは、

『やべ。これはさすがに支障あるかも』

依頼を気にしての一言だ。

元Sランクの強さなど眼中にすらなかった。

ジードに警戒の必要すら感じていなかった側近たちの戦意は一瞬でどん底にまで落とされる。

目の前に立つ男の強大さに膝を震わせる者さえいた。願わくば悪い夢であってほしいと神に祈る者もいた。

「もう話はいいか？　じゃあ俺は依頼があるからさ。……バイリアスさん、あの観客席の壊れ具合とか勇者候補倒しちゃったの問題ないですよね？」

ジードは動けずにいる側近達とルイナから目を離して、愕然《がくぜん》としているバイリアスに声をかけながら壊れた観客席に人差し指を向けた。

バイリアスはハッと気を取り直す。

「……あ、ああ……いや。ちっ、仕方ないだろう。いいから早く守れ！」

「ええ。分かってます」

乱暴な言葉に苛立《いらだ》ちすら見せず、にっこりと微笑《ほほえ》んでジードが王竜へと向かう。

王竜は、バシナにボコられて捕縛された。

しかも自分でも分かるほどに手加減をされて。

そのバシナをあっさりと一蹴したジードに畏怖を抱いた。この男がその気になれば、あっさりと消し飛ばされることを理解した。

だから、ジードの言葉はなんであれ、それを呑むしかないと諦めていた。

竜の王の血統である高貴な魔物が固唾を飲んだ。

だが、ジードから出た言葉は、かなり意表を突いたものだった。

「あのバイリアスって男がおまえを捕縛した犯人だからさ、アレで手を打たない？」

「「「!?」」」

『!?』

その場にいる誰もがギョッとした。

クエナもルイナも側近達《たち》も、そして王竜も。

だが——それが最善だと判断した。

「ほら、これだけドラゴンも集まってるし、なにか決着をつける糸口がないといけないだろ？　あれで勘弁してほしいんだけど」

「き、貴様！　なにを言って……！　依頼はどうした!?」

「依頼？　そりゃここの警護だろ？　おまえの保護じゃない」

「は……はぁ!?」

ジードの言葉にバイリアスが反論の弁を失う。

適当に依頼した理由が仇《あだ》となっていた。

『いい……のか？』

「ああ。むしろこんなんしか用意できなくて悪い」

ジードは理解していた。

この闘争が起こった本当の理由を。元凶がどこにあるのかを。

しかし、それをここで明かすことはできない。もしも竜側が真実を知れば再度この場で戦いが始まりかねない。そうなれば警護の依頼が余計に面倒になる上に一般民衆の死傷者も増えてしまう。だからこれで手を打ってもらおうというのだ。

王竜としても頷《うなず》くしかない。

そもそも、バイリアスという落としどころを見出《みいだ》してくれただけで感謝と驚愕《きょうがく》が一斉に押し寄せるほどであった。

王竜は幾重もの言葉を思い描いて、まずこう問う。

『……名を聞こう』

「ん、ジードだよ。ギルドのSランク冒険者、ジード。なにか困ったことがあったら指名依頼して来てくれよな」

『……ジード…………分かった。それでは我は外で暴れている我が同胞達と共に帰ろう』

王竜が翼を開く。

この短時間で負傷していた部位がほとんど治っていた。さすがの治癒力と言えよう。

こうして、今回の騒動の幕が下りようとしていた。

しかし、当然まだ終わらない。

「待て、ギルドの」

ルイナだ。

臆する側近達を差し置き、自らが前に出る。

彼女自身に大した力はなかった。多少の教育は受けているが、精々ギルドでいうCランク程度だ。

だが、生まれ持った威厳がジードの足を止めさせた。

「ジード、地位に興味ないか？」

ルイナは、ハッキリとそう言った。

そのルイナの言葉に冗談めいたところはなかった。

顔つきも真剣そのものだ。

ウェイラ帝国は列強の一つ。軍事力だけなら人族最強クラスの国家だろう。

それは膨大な金を軍事費に加えて、傘下の国々と足し合わせた兵力を考慮すれば当然の話だ。

また一人一人の戦闘力も高い。

ルイナの側近達も決して弱くはなかった。

彼らの武勇は知らぬ者の方が少ない。そのレベルで名を馳せた者たちだ。

だが、ジードが異端すぎた。

「地位？」

ジードが問い返す。

なんの話だ、と言わんばかりに。

「ああ。ウェイラ帝国に来い。私の部下となれ」

「……部下？」

ジードが腕を組む。

眉間に皺《しわ》を寄せながら考え込んでいる。

「なにを考えている？　ウェイラ帝国にはなんでもある。力ある者は私の権力で、すぐに将校になれる。側近にもなれる」

どうだ、と言わんばかりに手を広げる。

そして続けた。

「金も飯も女も、家も土地も兵も自由にできる！　ギルドでは依頼が来なければ餓死するだろう！　だが帝国は違う！　真の支配国家だ！　迷う余地はない！　共に来い！」

断ることはない。そう確信した顔だった。

揺るぎない笑みがあった。

事実、これまでウェイラ帝国の誘いを断った者はいない。

その圧倒的な歴史と実力が断る理由を打ち消している。

いかなる資源も帝国にある。なければ支配下にある国々から巻き上げることができる。

ウェイラ帝国で地位があれば、あらゆる欲を満たすことができる。

その上で。

ジードが片眉を下げながら口を開いた。

「――依頼として受けることはできると思うが、それなら傭兵《ようへい》を雇った方がコスパが良いと思うぞ？」

「は？」

一瞬。

ルイナの思考が停止した。

皇帝、女帝。

生まれてから一度たりともこんなことはなかった。

周囲に信用できる者はいなかった。

権力争いに負けることは許されなかった。

常に命の危険が迫っていた。

だから、思考回路がピクリともしないなんてことは本能が許さなかった。

そのはずが、絶対に断られないと思っていた誘いを……………おそらく断られた。

「……そ、それはどういう意味だ？」

「ん。説明が必要か？　俺もうろ覚えでなんとも言えないからなぁ。詳しくは直《ちょく》に問い合わせてもらった方が早いんだが、ギルドの依頼で『部下にする』ってのもできた気がするって話だ。ほら、一見、ギルドのルールに抵触するって思うだろ？　でもたしか――――」

ジードが長々とギルドのルールについて語る。

自分が引き抜かれているとは欠片《かけら》も考えていないように。

ルイナが目を点にし、ジードの語る姿をしばしば呆然《ぼうぜん》と眺めていた。

（なにを喋《しゃべ》っているんだ……？　え、依頼……？　なに、どういうことだ？　いや、ギルドを介して引き抜けってことか？　いや……？）

ルイナの脳裏を疑問が巡る。

誘いを断った者はいなかった。

引き抜きだと理解しなかった者はいなかった。

猛者として周囲に認められたら、ウェイラ帝国に引き抜かれるかもしれない、という淡い期待を、帝国を知る有能な人材なら誰でも根っこに抱いているからだ。

それをルイナは知っていた。

知っていたからこそ、目の前の男が引き抜かれていると気づいていない事態に驚きを隠せなかった。

「待て、ジード。これは依頼ではない。引き抜きだ」

「ああ。引き抜きか！」

得心したと右手をグーに左手をパーにして叩《たた》き合わせる。

ようやく分かったか、とルイナが頷く。

そして笑みを浮かべてジードが口にした。

「ならパスだ。ギルドに不満はないからな」

「ああ、そうだとも。帝国の誘いを断るはずが…………なんだって？」

「引き抜かれない。今のギルドの自由な感じが気に入ってるんだ。それに本当は自分のことで精一杯なのに、俺に仕事を教えてくれる先輩美人冒険者もいるしな？」

「！……あんた」

ジードが目配せするとクエナが意表を突かれた顔つきになる。それはジードなりにルイナがクエナに気を向けるよう仕向けた一言だった。

そのことにクエナは少しだけ嬉《うれ》しそうに口を綻ばせる。

だが、ルイナはジードから意識を外さない。

「ま、待て、考え直せ。帝国軍人も他の職業より圧倒的に自由だ。それにギルドなどよりも欲しいものが思うままに手に入る。ましてや私直々《じきじき》の誘いだぞ!?」

「いやだから興味ないって」

ジードが鬱陶しいとばかりに「しっしっ」と追いやる。

「ありえない！　帝国からの誘いだぞ!?」

「いやいや。神聖共和国がこんなことになってるの、おまえらが仕組んだことだろ？　そんな怪しさプンプンのやつらに付いていけるかよ」

「怪しさ、だと。たとえ裏でなにをしていようが勝利に繋《つな》がり権力を持てば関係ない。そんな考えは捨て置け！」

ルイナに言われ、ジードが思い出を振り返った。

「そうか？　俺はそうやって裏で小細工をしていた連中を知っている。そいつらがどうなったかも。おまえ達《たち》の姿が奴《やつ》らに重なって仕方がない。いずれ――似たような結末を辿《たど》りそうな気がするぞ」

「罰が下るとでも？　ふっ……考え方が違うようだな」

ルイナが悔しそうに唇を噛《か》みしめる。

そこで、ようやく側近の一人がハッと気を取り直した。

「ル、ルイナ様。そろそろ行かねば……」

「……そうだな。分かった。おい、ジード！　おまえのことは忘れないからな。もしも考えを改めることがあれば来い！」

「ああ。おっけーおっけー」

もう行ってくれるならなんでもいいよ、とジードが手を振る。

そうしてルイナ達は去っていった。

残ったのは勇者候補とクエナ、そしてジードと王竜とバイリアスだけだった。

◇

「……で、俺は帰るけど、おまえ達はいつまで呆然と立っているつもりだ？」

俺とルイナの会話を佇《たたず》みながら、邪魔するでもなく盗み聞いていた者達に聞いた。

王竜、バイリアス、勇者候補、そしてクエナ。

外の竜たちは、王竜が魔力と人には聞こえない音で合図を出して撤退させている。

それ以外、誰も口を出すこともなく、またどこかへ行くでもなく、こちらをジッと見ていた。

「ジ、ジード……！」

俺の声にウィーグが反応する。

決して大きくはないが、どこか感情の籠った声だった。

「俺は……愚かにもおまえをライバルなどと言ってしまっていた。自分の……自分の力を買いかぶりすぎて……！」

「お、おう？　どうした、急に」

ウィーグが唐突に語りだす。

こんな性格ではなかったはずだが。

「正直に話そう。俺はあの時……癒しの水の回収を依頼された時……達成していなかったんだ」

ウィーグの握る拳が白く変色している。やるせなさを感じているようだ。

なるほど。変だとは思ったが、ウィーグは依頼を達成していなかったようだ。

酷な話だが、ウィーグにあの依頼を達成できるほどの実力はなかった。

「バイリアスに唆《そそのか》されたのだ。『本当は誰も達成できない依頼だ。ギルドの野蛮人とは違い、あなたは王子。その気高い心を私は見た。達成したことにすればいい』……と」

「なっ……！　ウィーグ、貴様なにを言って……！」

王竜に足で背中を押さえられているバイリアスが怒声を浴びせる。

この反応を見るに本当のことらしい。

元から高難度の依頼を出して達成させず、身分で選ぶつもりだったのだろう。それが俺やクエナに達成されて、ああやって無視をしたわけだ。

「だが、ずっと胸に引っかかっていた。俺よりも先に達成した者がいたことは……バイリアスに塗りたくられた癒しの水を含む泥を見て……分かっていたから！」

ウィーグの声が荒れる。

それはまるで罪を償うため、自分のすべてを吐き捨てようとしているようだ。

「ずっと気になっていた。それが誰なのか。いいや、本当は分かっていた。失敗した奴の顔つきなんて見れば分かる。……もちろん成功した奴の顔も」

ジッとウィーグが俺の顔を見る。

「いや、その泥に含まれた水を持ってきたのはクエ……」

「俺は……！　俺はジードのライバルにすらなれない……！」

俺の言葉を遮ってウィーグが続ける。

ダメだこれ。話を聞いてくれる様子じゃない。

「スティルビーツの王子よ。それは我らも同じことだ」

ウィーグの背後から、他の勇者候補の連中が同意するように頷《うなず》いたりしている。

「竜の群れが襲来した時、俺は剣を構えることすらできなかった。真っ先に逃げることばかり考えていた……」

「それなのに、観客席にいたジードさんは真っ先にこちらへ下りてきた」

「その圧倒的な自信と責任感は……好ましいですわ」

それぞれの勇者候補が言葉を残していく。

そこまで言われると照れてしまう。

「誰がなんと言おうとも、俺はジードを認める。憧れさえ……する」

ウィーグが言った。

すると地面にくっついているバイリアスが声を張り上げた。

「お、俺も認めなくはない！　今回の非礼も許してやろう！　だからこのトカゲから俺を解放しろ！」

「いや、それは無理だ」

「な……！　じゃ、じゃあ勇者にしてやろう！　どうだ!?　私が推薦すれば間違いなく勇者になれるぞ！」

「今回の一件をこんな手段で解決しようとするやつを勇者にしようとは……笑わせる。勇者ってのは清廉潔白ってやつなんだろ？　俺なんかとは程遠いと思うぞ」

自嘲気味に笑う。

だが、これにウィーグが答えた。

「たしかに手段は勇者らしくない。でも、自ら罪を背負って神都を救ったんだ！　ここにいる誰もが竦《すく》んで動けなかったのに……！　不正によって候補に選ばれた俺なんかよりもジードの方が遥《はる》かに勇者だと思う！」

本気の熱弁だ。

熱い目線は俺に勇者になってほしいと言わんばかりだった。

「いいや。ぶっちゃけ勇者には興味ない。俺はギルドのジードだ」

「……！　はは。やっぱりすごいよ、ジード」

目を見開いて驚いたのも一瞬。ウィーグは達観するような笑いを残す。

決して勇者とやらを侮蔑しているわけじゃない。

しかし、だからといって憧れているわけじゃない。

興味ない。それが俺の素直な気持ちなのだ。

「それじゃあ帰るから」

「ま、待て……！　グぁッ！」

俺が背を向けようとすると、王竜がバイリアスを持ち上げて咥《くわ》える。もっとも動物の子供なんかがやる甘噛《あまが》みじゃない。

鋭い牙がバイリアスの皮膚を貫通している。

今後のことを考えると温《ぬる》いものだろうが。

「お、俺は勇者協会の重鎮だぞ……!?　俺が死んだとなったら……！」

バイリアスが悪あがきをする。

こいつなにを言っているんだろう。まだ状況が理解できていないのだろうか。

言い返すのも面倒だ、と思っている矢先、ウィーグが代わりに答えた。

「帝国の介入があったことには同情するが、神都にここまでの惨禍をもたらした失態は言わずもがな。勇者協会に不正が横行していた事実は見逃せない。協会は一新するか、解散することになるだろう」

「ゆ、勇者協会は人族から莫大《ばくだい》な支援を……！」

「だからどうした。協会の背後にどれだけの大物がいるかは知らんが、ここにいる者達の身分を忘れたか？」

ウィーグに言われてバイリアスが気づかされる。

彼が集めた者達は全員——位が高い家の出身であると。その彼らが一様に敵意ある目をしていることに。

「くそ……くそぉ……！　くっそおおおお！」

バイリアスの絶叫が響き渡った。

王竜がバイリアスを咥えたまま、飛び去って行った。

◇

ようやく依頼も完了し、クエナと帰りの道の途中。

道中で色々な人に絡まれることになった。

「ジードさん……！　ありがとうございます……！」

「ぜひ我が国に！」

「いいえ、我が国に来てください！」

「わぁぁ……救世主様……！」

普通の人から感謝され、なにやら国の重鎮めいた人から勧誘され、どこかで見た記憶がある幼女から崇《あが》められ――。

そういえば、と思い出す。

このイベント生中継していたな。

どうやらフィールド上の出来事は外にも伝わっていたようだ。

だから俺がこの国を救ったと思われているのか。

彼らの中には、

「ああ……二度も……ありがとう……ありがとう……！」

と、涙を流す者までいた。

前の依頼でも神聖共和国に侵攻しようとした王国を撃退したから、それを知っている者だろう。

悪い気分ではない。

だが、隣にいるクエナはなにを考えているか分からないほど無表情だった。

「どうした？」

思い返せば、彼女はずっと黙りこくっていた。

最後に言葉を発したのはルイナと俺が対峙《たいじ》していた時だろうか。

俺が聞くとクエナがポツリと答えた。

「私は努力してきたの」

「ん。分かってるよ。他のやつと比べればクエナは強い」

「でも、足りなかったのかな」

「……ルイナのことか？」

結局、ルイナがクエナに声をかけることはなかった。それどころか視界に入れることすら一度たりともなかった。

腹違いではあるが、容姿は似ている。血が繋《つな》がっている証拠だ。

だというのに、姉妹とは思えないほどの冷たさだった。

「ジード。あなたに嫉妬するわ」

「……」

そう言われるのは想定内だった。

しかし、それでも左胸が大きく跳ねた。触れられたくない話題だった。

「あっさりSランクになって、あっさり一国の勢力を潰して、あっさり神都を救って、あっさり勇者候補達《たち》を魅了して、あっさり……――ルイナに認められて」

「…………」

それは嫌味ではない。

しいて言うなら自分に対する皮肉だろう。

自嘲気味に口角を上げている。目は決して笑っていないのに。

「私、どうしたらいいんだろうね……？」

クエナにしては弱々しい声音だった。

俺を上目遣いで、今にも泣きそうな様子で見てきた。

「さぁな。未来でも見えるなら的確なアドバイスができるんだろうけど、俺はそんなもの見られないんでな」

「さすがのジードでも未来まで見えてたら引くわよ」

クエナが冗談めかして笑う。

どこか空虚な笑みだ。

「でも、そうだな。クエナはもう特になにかやるべきだってことはないと思うぞ」

「え……？」

「おまえは十分に強い。そのまま、この道を歩めばSランクだって近いだろう」

「でも、バシナは私と違って底が見えないって……」

「それは以前の話だ。戦ってみたら底が知れた。クエナならすぐにでも通過する道だろうな。このまま突き進めば近いうちに」

決してむやみやたらに励ましているわけじゃない。

これが俺の本音だし、クエナに対する評価だ。贔屓目《ひいきめ》なんてものは最初からない。

「……ふふっ」

俺の言葉にクエナが嬉《うれ》しそうに反応する。

今度は心から笑顔を作っていた。

そして、にこやかな表情で俺と目を合わせた。

「じゃあ私とパーティーを組んでちょうだい？」

「…………どこからどうしてパーティーの話になったんだ？」

一瞬、シーラのことが頭を過《よぎ》った。

彼女も似たようなことを俺に提案してくる。二言目にはパーティーを組んでくれ、と。

しかし、俺はパーティーを組む必要性を感じず、毎度のことながら断っている。それは今も変わっていない。

「単純よ。あなたのおこぼれを貰《もら》いたいの」

「おこぼれ？」

「そう。あなたと同じ栄光をあなたの傍《そば》で私も浴びるの。そしたら自然と注目度もアップするでしょ？」

なるほど。

素直に得心がいった。

しかし。

「悪いがパーティーメンバーは募集も応募もしていない」

「なんでもするって言ったら？」

「うん、募集はしてない」

「なんでもするのに？」

「……うん」

念を押されて戸惑う。

いや、なんでもとか美女に言われたら……断れない。

だから必死に自分の視線を前方に固定してクエナを見ないようにしている。

おそらく俺は簡単に色香に誘われてしまうから……。

シーラの時もそうだった。

あの時はもう頭がパンクしそうで死にかけていた……。

なんて思っていたら頬に柔らかい手の感触を覚えた。

グイっと視界がクエナの顔へと持っていかれる。

「諦めないから」

息遣いまで伝わるほどの近距離。真剣な深紅の目が俺を見ていた。

不屈の精神を感じさせる声が耳に届いた。

「……どうしてパーティーなんだ？　おまえなら一人でも」

「一人でも冒険者はできるわよ。でもね、『あなた』とパーティーを組むことが近道だと思った。少なくともSランクの試験を受けるまでは暇な時間があればアタックさせてもらうから」

にっこりと、どこか吹っ切れたような笑顔でクエナが言った。

彼女の悩みは解決していないのだろうが、それでも進む道を見つけたかのように。

おそらく、俺がルイナに勧誘されたという事実が、彼女にとってのゴール地点を俺だと見定めさせたのだろう。

栄光のためだけじゃない。俺から学ぼうとしているのだ。
かつての俺が生き延びるために魔物から学んだのと同様に。
……待て、それだと俺が魔物みたいじゃないか。イヤだなそれは。

第五話　騒動の後に

勇者協会の依頼を終えた俺は、冒険者カードでリフに呼ばれてギルドマスター室に来ていた。

「へぇ、勇者協会は解散か」

「うむ。昨今の高慢な姿勢は有名じゃったからな。今回の件で一気に爆発したようだの。それに重鎮であるバイリアスが、ほれ、竜に連れ去られたからな。協会内外の反体制派が勢いづいて他の重鎮たちも捕縛されたり総叩《そうたた》きに遭ったりしておる」

まぁ依頼が終わった時点で俺には関係ない。大変そうだな、という他人事《ひとごと》な感想を抱くだけだ。

「それで、俺になんの用だ？」

リフに尋ねる。

まさか勇者協会の一件を伝えるために呼んだわけじゃないだろう。

それなら余程の暇人だ。

リフはとても暇そうだから可能性もなくはないが。

「むっ。なにか失礼なことを考えておらんか。……まぁよい。今回ジードを呼んだのは

『パーティー』を組んでほしいからなのじゃ」

「パーティーを？　それってシーラやクエナに頼まれてか？」

真っ先に思い浮かんだのは、彼女ら二人だった。

しかし、俺の予想に反してリフが首を横に振る。

「あやつらもジードを勧誘しておるようじゃが今回はまったくの別件ぞ」

「別件？っていうと？」

「うむ。実はちょっとした狙いがあってギルドでカリスマパーティーを作ることになったのじゃ」

「カ、カリスマ？」

耳慣れない単語が出てきて思わず聞き返す。

カリスマとか俺から最も遠い言葉だろうに……。

「言うなれば勇者パーティーのギルド版じゃ」

「やってること勇者協会に似てないか？」

「率直に言ってしまえば。だが、『勇者』の名前は借りんよ。ただのカリスマ的な存在として立ってもらうだけじゃ」

ようは人族の精神的支柱である勇者を輩出していた勇者協会が潰れたので、その後釜を狙おうという魂胆のようだ。注目と信頼を集め、ギルドの存在感をより強くしようと。

随分とフットワークが軽い。

「でも、どうして俺なんだ？」

「ん、ジードは人が嫌がるような依頼でも引き受けておったし、大胆にも一国を救う依頼さえ躊躇《ちゆうちよ》なく受ける。巷《ちまた》では噂《うわさ》になっておるし、評判も良いぞ」

「……うーん。まぁ、ギルド側の要請なら受けるよ」

「おお！　ジードならそう言ってくれると思っておったぞ！　他のSランクは問題児も多く、気ままで、もうすでにパーティーを組んでる者もおる……臨時パーティーは別として一人の冒険者が所属できるパーティーは一つじゃからな。本当に助かるのじゃ」

「気苦労が多そうな話だな」

他のSランクなんてソリアくらいしか知らないが大変そうだな。

それに数年に一度しか誕生しないレベルらしいし、数も限られてくるのだろう。

「受けてくれた以上、悪いようにはせん。少なくとも条件面や待遇面はより良くする」

「ほー。そりゃ助かる」

実はかなり冒険者としての恩恵を受けている。

寝泊まりをしている宿や、衣類や食事なんかも冒険者割引がある。

それに国境を越える際には余程仲が悪くない限りスムーズに通過できる。

もちろん正規のルートで行けば、の話だが。無理やり潜入することも可能だからどうしても必要というわけじゃない。

「それでの、ひとまずメンバーはソリアとジードが決まっておる」

「ソリアもか？　忙しいイメージがあるが大丈夫なのか？」

「そこはほれ、一応カリスマパーティーじゃからの。小競り合いが激しい地域なんかにも飛んで向かうゆえ、治癒で傷ついた者を救うことを使命とするソリアとの利害も一致しておる。それに常時稼働するパーティーというわけでもないからの」

「なるほどな」

「うむ。そもそもソリアの威光を借りねばこの計画は始まらん」

くっくっく……とリフが暗躍する敵のボスのように黒く笑う。幼女の姿と相反する仕草はどこか微笑《ほほえ》ましかった。

元々ソリアは勇者パーティーに候補を飛び越えて加入が決定していたレベルだ。

算段としては、その実績やらを加味して宣伝する予定なのだろう。

「それでメンツじゃが、ある程度の候補はもう決まっておる。数人はギルド外から呼び寄せるつもも――」

「「ちょっと待ったー！」」

と、リフの口から新しいメンバーの話が持ち出された瞬間に、二人の声がかぶさりながら扉が勢いよく開けられた。

入ってきたのはシーラとクエナだった。

「「なんで私が呼ばれてないのよ!?」」

息ぴったりに俺に迫る。

グイグイ来る二人に、ドウドウと両手を胸元で開いて苦笑いを浮かべる。

「そもそも呼んだのは俺じゃない。言うならリフに言ってくれ」

俺が言うと二人はリフのほうを見た。

リフは居辛《いづら》そうに頬を掻《か》きながら「てへっ」と笑い弁解を始めた。

「二人がジードを誘っておるのは知っていた。しかし、クエナはAランクでシーラに至ってはCじゃ。飛び級制度を鑑みれば、シーラは今年にはAランクになるかもしれんが、それでもSにはならない……」

すこし控えめに言っているが、リフの言いたいことは『Sランクが条件』ということだろう。

二人がむうっと頬を膨らませて不満そうにする。

「じゃあ断りなさい、ジード！」

と、クエナが言う。

「そうよ！　私と組むの！」

と、シーラも続く。

それに今度はクエナが噛《か》みついた。

「なに言ってるの!?　私と組むのよ！」

「むぅっ！　私よ！」

なんだこの状況。

リフもいつものスイッチが入ったのか面白そうに笑っている。

笑ってないで止めろよ。おまえ俺が別のパーティーに入ってもいいのか。

なんて思っているとコソリと耳打ちしてきた。

「本当は、このカリスマパーティーに限っては臨時パーティーの扱いなので他のパーティーと掛け持ちしても良いのじゃ。掛け持ちしたくないという輩《やから》が多いだけで」

「あぁ……」

だから面白そうに二人を見ていたわけだ。

こいつも性格が悪いな。

自分とパーティーを組んでくれと迫る二人。

どうにも前途多難な気がしてしょうがない。

間に挟まれる俺の気持ちにもなって欲しいのだが。

そんなことを思っていると、ブーブーっと冒険者カードが鳴り響く。もう慣れたもので違和感もない。

また指名か緊急の依頼が届いたのだろう。
——そんなこんなで俺の冒険者生活はまだ続く。

あとがき

どうも、寺王です。

この本をお手に取って頂き、ありがとうございます。

ついに、本になりました。

関係者の皆様には感謝の念が絶えません。常に感謝ビームを送り続けています。夢に出てきたら申し訳ありません。

実は、この書籍は国立国会図書館に保管されます。

というか、世に出回った作品は全て国に一冊は納本されるそうなのです。

この国が続く限り、私の命が尽きようとも文字や物語は生きていくのだと考えると、感慨深いものがあります。


なんか……「す」が続いていますね。


そうそう。

文章を書いていると「職業病」というものに罹《かか》ってしまったようです。（烏滸《おこ》がましく

て申し訳ないのですが）
たとえば語尾が「～だ」とか「～す」で二行以上続いて終わると気になりますし、文が並んで同じ文字や「、」「。」が揃《そろ》うと気になります。
こんな感じです。

お腹《なか》が、空いた。

ご飯を、食べた。


こういうの、すごくムズムズします……。

論文を書いたり資料整理をしたり、報告書を作成したりなど、長文を綴《つづ》る機会は多くありましたが、文字列に気を留めることは今までありませんでした。

新しい発見は何にしても面白いものです。


そんなこんなで、訳の分からないあとがきを披露してしまいましたが、改めましてこの本をお手に取って頂き、誠にありがとうございました。

また、読者様にこの本をお届けできるのは、制作&販売に携わってくださった関係者の皆様のおかげです。誠にありがとうございます&ありがとうございました！

次巻予告
カリスマパーティーへの加入が決まったジード。
だがその資質に疑問を抱く者もいた。
神聖共和国に名高き【剣聖】――その刃がジードに迫る！
さらに神聖共和国に第二の危機が訪れようとしていた。
裏で糸を引くのは人族と休戦協定を結んでいたはずの
〝七大魔貴族〟の一角で――!?
オーバーラップ文庫
ブラックな騎士団の奴隷がホワイトな冒険者ギルドに引き抜かれてSランクになりました
The Slave of the "Black Knights" is Recruited by the "White Adventurer's Guild" as a S Rank Adventurer
2
2020年秋発売予定！

作品のご感想、ファンレターをお待ちしています

あて先

〒141-0031
東京都品川区西五反田 7-9-5 SGテラス 5階
オーバーラップ文庫編集部
「寺王」先生係／「由夜」先生係

OVERLAP

ブラックな騎士団の奴隷がホワイトな冒険者ギルドに引き抜かれてSランクになりました 1

発　行　2020年5月25日　初版第一刷発行

著　者　寺王
発行者　永田勝治
発行所　株式会社オーバーラップ
〒141-0031　東京都品川区西五反田 7-9-5
校正・DTP　株式会社鷗来堂
印刷・製本　大日本印刷株式会社

Printed in Japan ISBN 978-4-86554-660-6 C0193

オーバーラップ文庫
ハズレ枠の【状態異常スキル】で
最強になった俺がすべてを蹂躙するまで
［手にしたのは、絶望と――
最強に至る力］
クラスメイトとともに異世界へと召喚された三《み》森《もり》灯《とう》河《か》。E級勇者であり、「ハズレ」と称される【状態異常スキル】しか発現しなかった灯河は、女神・ヴィシスによって廃棄されることに。絶望の奈落に沈みつつも復讐を誓う彼は、たったひとりで生きていくことを心に決める。そして魔物を蹂躙し続けるうち、いつしか彼は最強へと至る道を歩み始める――。
著 篠崎 芳　イラスト KWKM
シリーズ好評発売中!!

オーバーラップ文庫
ひとりぼっちの異世界攻略
チートに頼らず、チートを超えろ――
“最強”にチートはいらない
高校生活を“ぼっち”で過ごす遥《はるか》は、クラスメイトとともに異世界へ召喚される。気がつくと神様の前にいた遥は、数々のチート能力が並ぶリストからスキルを選べと告げられるが――スキル選びは早い者勝ち。チートスキルはクラスメイトに取り尽くされていて……!?
著 五示正司 イラスト 榎丸さく
シリーズ好評発売中!!

第8回 オーバーラップ文庫大賞
原稿募集中！
イラスト：ミユキルリア
思いをコトバに。夢をカタチに。
【賞金】
大賞…300万円
（3巻刊行確約＋コミカライズ確約）
金賞……100万円
（3巻刊行確約）
銀賞………30万円
（2巻刊行確約）
佳作………10万円
【締め切り】
第1ターン 2020年8月末日
第2ターン 2021年2月末日
各ターンの締め切り後4ヶ月以内に佳作を発表。通期で佳作に選出された作品の中から、「大賞」、「金賞」、「銀賞」を選出します。
投稿はオンラインで！ 結果も評価シートもサイトをチェック！
https://over-lap.co.jp/bunko/award/
〈オーバーラップ文庫大賞オンライン〉
※最新情報および応募詳細については上記サイトをご覧ください。
※紙での応募受付は行っておりません。